名作で読む日本近代史

北村隆志・木村 孝・澤田章子

学習の友社

[目次]

はじめに

本書は日本近代文学の名作案内です。同時に、文学を通して近代史の大きな流れがつかめるように努めました。とりあげるのは明治・大正の文学です。一八六八（明治元）年から一九二六（大正一五）年まで足かけ五九年間です。

東京の新宿・渋谷の再開発や、海外からの観光客の急増ぶりを見ていると、一〇〇年以上前の文学のなんと遠いことかと思わされます。

それなのに、なぜいま明治・大正の文学を読むのでしょうか。それは、三つの意味でこの時代が、他にはない特別の輝きを持っているからです。

第一に、明治・大正時代は世界文学史でもまれな、変化に富む多彩な作品の生まれた時代でした。

その最大の原因はもちろんヨーロッパ文明との接触にあります。もう一方で、それを受け止める文化が当時の日本に存在していたことも見逃せません。

ヨーロッパ文明を取り入れたことによる日本の政治、経済、思想の急激な変化は、日本社会と日本人の考え方そのものを変化させていきました。

本論でも述べますが、こうした海外の先進文明の移植による近代化を、作家の夏目漱石《なつめそうせき》は「外発的」と批判しました。詩人の北村透谷《きたむらとうこく》は明治維新を「革命にあらず、移動なり」と見抜きました。

文学者や知識人は、ヨーロッパの個人主義と合理的精神に衝撃を受けながら、近代的自我の確立と日本社会の成長のために必死の努力を行いました。話し言葉に近い口語文は現在では当たり前ですが、当時、言文一致の新しい文体を生みだすには、二葉亭四迷《ふたばていしめい》、島崎藤村《しまざきとうそん》、正岡《まさおか》子《し》規《き》をはじめ、幾多の文学者たちの苦心と試行錯誤がありました。

こうした努力の結果、世界的にも例のない豊かな文学が生まれたのです。

アメリカで長く暮らした作家の水村美苗《みなえ》は、明治・大正期の文学は多様な文体を使いこなし、作品には多くの真実がちりばめられているとして、こんな文学は「私が知っている西洋の文学には見あたらない」、「日本近代文学の奇跡」と呼んでいます。

明治・大正の文学を学ぶ意味の第二は、政治・経済から教育・文化までさまざまな問題の起源がこの時代にあり、現代の課題を考えるヒントを見つけることができるからです。

この点では実に多くの問題があります。

たとえば受験競争や学歴社会は、福沢諭吉《ふくざわゆきち》『学問のすすめ』が説いた、学問による立身出世主義にさかのぼることができます。

明治維新により江戸時代までの身分制度がなくなり、才能と努力による立身出世の夢は多くの青年を鼓舞しました。その一方で、はじめから出世や成功と無縁な人、上役や有力者への追《つい》従《しょう》と出世競争になじめない人も多くいました。

坪内逍遥《つぼうちしょうよう》に学びつつ、二葉亭四迷は日本初の近代小説『浮雲《うきぐも》』を書きました。そこで俗社会から疎外された人物を主人公に、早くも「反」立身出世主義の思想を提示しています。森鷗外《もりおうがい》『舞姫《まいひめ》』も立身出世と人間的愛情の対立を描きました。

二葉亭四迷はロシア文学を深く学び、そこから「まわりの者が不幸であるとき、人間は己を幸福者と感じることはできないという思想」を受け取っていました。この思想は、三二歳年下の宮沢賢治《みやざわけんじ》の掲げた「世界がぜんたい幸福にならないうちは個人の幸福はあり得ない」という考えにそのままつながります。

また、資本主義が確立していくなかで、貧困、失業、長時間過密労働など資本主義が生みだす矛盾も目立つようになります。「悲惨小説」とよばれた廣津柳浪《ひろつりゅうろう》、無名の「細民《さいみん》」に心寄せた国木田独歩《くにきだどっぽ》、農民文学の先駆者・長塚節《ながつかたかし》らは、明治に広がった貧困と格差の現実を、同情と哀感こめて描いています。

日清《にっしん》・日露《にちろ》戦争に勝利し、日本の大国化を国民が歓迎する一方で、戦場の悲惨な現実を描いたのも、泉鏡花《いずみきょうか》や田山花袋《たやまかたい》などの作家たちでした。

女性差別が強い時代でしたが、ヨーロッパの個人主義と男女平等の思想に励まされて、女性たちが目覚め始めた時代でもあります。三宅花圃《みやけかほ》、樋口一葉《ひぐちいちよう》、与謝野晶子《よさのあきこ》、平塚《ひらつか》らいてうらは、戦後から現代の女性解放の思想と運動へつながります。

国民の悲しみや苦しみをいち早く受け止めて問題提起するのが文学のすぐれた役割です。この役割を近代日本の文学者たちはよく果たしていました。

政府が上からの近代化をすすめるなかで、さまざまな分野で、政府のやり方とは異なる選択肢（オルタナティブ）が提起されたのも明治・大正時代の特徴です。

ジャーナリストで実業家の田口卯吉《たぐちうきち》は、中央集権的な性格の経済を改め、財閥《ざいばつ》が支配する政商資本主義を解体し、地方分散的な民間産業の発展という見地を主張しました。全国的な鉄道網建設には、地方鉄道網が先だと資本家的合理精神を貫きました。

中江兆民《なかえちょうみん》『三酔人経綸問答《さんすいじんけいりんもんどう》』は富国強兵と対外侵略の風潮に対して、民主的平和国家の構想を対置しました。

こうした時代のオルタナティブを一身に体現し、「もう一つの明治精神」を代表するのが内《うち》村鑑三《むらかんぞう》です。内村は立身出世に代わる人生の目的を示すとともに、日露戦争では非戦主義を訴えました。彼の平和思想は現在の日本国憲法の源流の一つでもあります。

明治・大正文学を学ぶ意味の第三は、若い時代ならではの純粋な理想主義があるからです。明治時代は富国強兵の物質的な実利主義が強かったとともに、それと対抗する理想主義、精神主義、求道心の強い時代でもありました。

そうした理想主義は、たとえば、社会の硬直化を破る夏目漱石の「革命」のよびかけに現れています。あるいは自由民権運動敗北後の徳富蘇峰《とくとみそほう》『吉田松陰《しょういん》』の「青年よ立て」の訴えにも熱く息づいています。内村鑑三の、人間にとって最高の生きた証は「勇ましい高尚なる生涯」を遺すことにあるという呼びかけも、今に至るまで多くの青年の心を揺さぶってきました。

明治三〇年代になると、労働者の貧困な惨状に心を痛める人々の中から、社会主義の思想と運動が生まれました。これも形を変えた理想主義といえます。しかし、生まれたばかりの社会主義運動に、政府は凶暴な弾圧を加えました。幸徳秋水《こうとくしゅうすい》ら一二人が死刑になった大逆《たいぎゃく》事件です。

無法理不尽な弾圧に対して、社会主義者でない作家・知識人からも憂慮と批判の声が上がりました。徳冨蘆花《とくとみろか》の「自ら謀叛人《むほんにん》となるを恐れてはならぬ。新しいものは常に謀叛である」という旧制一高生への呼びかけは、いまも私たちに勇気を与えてくれます。

大正時代に入ると、大逆事件後の「冬の時代」を乗り越えて大正デモクラシーが花開きました。生活向上と権利拡大を求める民衆の運動が成長します。

全国で数百万人が参加した「米騒動」は、近代日本最大の民衆行動でした。労働者・農民の運動も急速に広がりました。

こうしたなか、白樺《しらかば》派の志賀直哉《しがなおや》は自己肯定の文学を打ち立てました。同じ白樺派の有島武郎《ありしまたけお》は、新しい思想や民衆の動きにも敏感でした。農山村の伝統的暮らしと知恵に光をあてた柳《やなぎ》田国男《たくにお》は、普通選挙運動の論客でもありました。『女工哀史《じょこうあいし》』の細井和喜蔵《ほそいわきぞう》や、農村の貧困問題からプロレタリア文学へと進んだ宮本百合子《みやもとゆりこ》は、民衆の運動と直接結びつくことで、新しい時代の文学を切り開いていきます。

以上、本書がとりあげた明治・大正文学の流れを簡単に紹介しました。各章は独立しているので、興味を感じたところから自由に読んでもらっても構いません。

なお、ここでいう文学は、詩歌・小説・随筆だけにとどまりません。社会評論・自伝・ルポルタージュなども含む広い意味の文学を指しています。

本書は『学習の友』に連載した「名作を読んで日本近現代史を学ぶ」がもとになっています。二〇一七年一〇月号から二〇二三年四月号までほぼ隔月の連載でした。本にまとめるにあたり、章の順番をあらためため、加筆修正しました。有島武郎、宮沢賢治、細井和喜蔵の章は、今回新たに書き加えたものです。

各章の執筆者は、章ごとに明記してあります。最低限の文章の整理・統一は行いましたが、文責はあくまでそれぞれの筆者にあります。

北村隆志
木村　孝
澤田章子

第一章　青年への期待と「革命」の模索
――夏目漱石『野分』『こころ』

夏目漱石《なつめそうせき》といえば、『吾輩《わがはい》は猫である』『坊ちゃん』『それから』『こころ』『明暗』など多くの名作があります。ここでは『二百十日《にひゃくとおか》』『野分《のわき》』「私の個人主義」『こころ』から、漱石の問題意識をさぐっていきます。

漱石は年号が明治になる前の年（一八六七年）にうまれ、一九一六（大正五）年、四九歳でなくなりました。明治は四五年ですから漱石の生涯はすっぽり、明治時代と重なります。そこで明治時代がどんな時代だったか、見ておきましょう。

急を要した近代化

徳川幕府最後の将軍・徳川慶喜は、追い込まれていました。財政が逼迫《ひっぱく》してフランス公使ロッシュに六〇〇万ドルの借款《しゃっかん》契約をし、その担保として対日貿易の独占権、北海道の森林・鉱山開発権を提供する予定でした。ロッシュはフランス本国の都合で帰国しましたが、もしこれが実現されていたら、北海道はフランスの植民地になったかもしれないのでした。なにしろロッシュはアルジェリア植民地化政策を遂行した最高顧問だったのですから。

こういう情勢でしたから、明治政府の近代化政策は二つの点で急を要しました。

第一は、ヨーロッパ社会を模範とした日本社会の急激な整備です。その結果、日本の社会制度、司法や行政、郵政と交通、教育、軍事、髪形から服装まで大きく変わりました。

近代化の第二は産業資本の育成です。明治にはいったらすぐ日本が資本主義経済になるわけではなく、産業資本を育成しなければなりません。これといった資本蓄積もなく、外国からの資本の導入も期待できない、植民地もない日本では、資本の蓄積の柱の一つは、労働者をインド以下的といわれた低賃金で搾取し、農民には高い小作料で収奪することでした。

このため、国民は悲惨な貧困に苦しみ、農民のたたかい（百姓一揆）が幕末の九年間で二九〇件だったのが、明治になった五年間で三四八件と倍増したほどです。明治政府は国民を植民地の国民のように搾取して、日本の植民地化を免れたわけです。

こうして一九〇七（明治四〇）年、日本資本主義は成立しました。一八二五年のイギリスの場合と同様、資本主義に特有の過剰生産恐慌が起きたことがその論拠です。

近代化がとり残したもの

近代化は社会の変化をもたらしましたが、国民の意識や人間関係はとり残されました。一例をあげれば、英語のソサイエティー（社会）、インディヴィデュアル（個人）の翻訳がなかなかできず、明治一〇年に「社会」が、七年おくれて「個人」の訳語が定まりました。西洋でいう社会、個人が日本には存在しなかったため内容が分からなかったからです。

一八八九（明治二二）年、明治憲法ができ、天皇が絶対的な主権者で、国民は天皇の家来として制限された権利を与えられました。翌年の一八九〇（明治二三）年、「教育勅語《ちょくご》」では父母を大切にし、兄弟、夫婦も仲良くし、天皇のために忠孝に励めと定めました。そこに自由、権利を重視する思想はなかったのです。

「現代の青年に告ぐ」

漱石は、日本のそもそもの近代化の要因は、黒船の来航のように外からもたらされ、内発的ではない「外発的」なものだから、近代化は日本社会の「上皮《うわかわ》を滑ってゆく」、そして「ほろびるだろう」とみていました。上滑りであってもこの変化は必然的な過程であり、そういう社会を生きぬいていくために主張したのが、かれのいう個人主義です。その個人主義に行く前に『二百十日』『野分《のわき》』が重要です。

『二百十日』（一九〇六〈明治三九〉年）の登場人物の豆腐屋の圭さんは、社会の不義や不正を嫌う人で、さかんに華族、金持ちを攻撃、批判し「革命だ」といい、「我々が世の中に生活している第一の目的は、こういう文明の怪獣（華族や金持ち）を打ち殺して、平民に幾分でも安慰を与えるのにある」と叫びます。革命といっても血を流さない文明の革命、意識革命ですが。

『野分』（一九〇七〔明治四〇〕年）の主人公、白井道也《どうや》は大学を出てから、田舎のいくつかの中学の教師をして東京に戻ってきた雑誌記者、著述家です。市電の値上げに反対して逮捕された人の救援演説会で白井は「現代の青年に告ぐ」の演説をします。

「明治は四十年たった。まず初期とみて差し支えなかろう。すると現代の青年たる諸君は大いに自己を発展して中期をかたちづくらねばならぬ。後ろを顧みる必要なく、前を気遣う必要もなく、ただ自我を思いのままに発展しうる地位に立つ諸君は、人生の最大愉快を極むるものである。……後期に至るとかたまってしまう。ただ前代を祖述するより外に身動きがとれぬ。身動きがとれなくなって、人間が腐った時、また波瀾《はらん》が起こる。起こらねば化石《かせき》するより外に仕様がない。化石するのがいやだから自ら波瀾を起こす、これを革命というのである」

漱石の革命が文明・意識革命であることは前にふれました。それには先導する大きな思想・理想が必要ですが、まだ用意されていません。

個人の自由への探究

漱石は『野分』のあと、敵は自己の心の中にあると感じるようになり、「私の個人主義」が一九一四（大正三）年、学習院で講演されます。ここの生徒は将来、権力と金力の使用者となる立場の人たちです。

〝権力は自分の個性を他人に押し付ける道具であり、金力は個性の拡張のために他人を誘惑する道具である。自己の個性の拡張は、他人の個性を尊重する限りで認められる。自己の個性はそうすることによって、人間らしい価値の実現にむけて発展させることができる〟

これが「私の個人主義」の要点です。個人主義は、国家権力が個性の拡張、個人の自由に制限を加えることは少なければ少ないほどいいということでもありました。この発言は、大逆事《たいぎゃく》件後の、社会がきわめて危険な反動期になされたことに注意しなければなりません。

大逆事件は、一九一〇（明治四三）年、天皇の暗殺を「計画した」として、全国で数百人の社会主義者、無政府主義者を検挙し、幸徳秋水《こうとくしゅうすい》（一八七一―一九一一）ら一二人を半年後の一九一一年一月に死刑にした大弾圧事件です（一二章参照）。

個人の限界の自覚と模索

『こころ』（一九一四〈大正三〉年）は漱石晩年の力作です。知識階級の主人公の「先生」は結婚のために親友Kを出し抜き、Kは自殺します。先生は、妻との間にKの面影をつねに感じ、毎月、Kの墓に詣でますが心の平静はえられない。人間が生きていく限り、自我と個性の拡張に努めるにしても、自我と個性の拡張がいつか他人を犯し陥れていることに気付く。他人の犠牲の上に自己を築いたとしても、そういう自己を許せるか。他人の個性を尊重する限り、Kを自殺においこんだ自己は否定しなければならないのだろうか。先生は死をえらびます。

このように、知識階級の「先生」は、自己の思想の実践者としても、またその思想の違反者としても、自我と個性の拡張の問題をするどく良心の責め・倫理的な問題として、深く内面化しました。

漱石の個人主義は、個人と個人の対立、個性拡張の目的そのものの意味、市民社会を構成する自覚した個人、個人と社会の関係などの問題意識を含んでいると思います。「現代の青年に告ぐ」にこめられた青年への期待、文明の革命への模索をへて、到達した問題意識を「先生」の思想において集中的に探究したのが『こころ』という作品です。

（木村　孝）

第二章　下級武士・青年を魅了したもの
——徳富蘇峰『吉田松陰』

　ジャーナリスト・歴史家である徳富蘇峰《とくとみそほう》（一八六三—一九五七）は本書の初めで書いています。

「松陰《しょういん》には多くの企謀《きぼう》（計画）があったが一つも成功しなかった。かれの生涯はつまずきの連続だった。とはいえ、かれは維新革命における一人の革命的急先鋒だった。もし維新革命をして伝えるべきならば、かれもまた伝えないわけにいかない。かれはあたかも難産した母の如し。自らははやく死せりと言えども、維新という赤児は、その後、生育して大きくなった」

革命的急先鋒の生涯

　松陰は一八三〇（天保元）年、長州藩（山口県）の下級武士の家に生まれました。一一歳のとき、藩主毛利敬親《もうりたかちか》の前で「武教全書」を講ずるほど恵まれた学力をもち、それにふさわしい勉強をしたと言われます。後、松陰は東北や九州を巡遊し鎖国日本が世界の息吹《いぶき》を感じる平戸、長崎には、長期の滞在をしたと言われています。そのころの読書傾向を見ると、「西洋人日本紀事」「和蘭紀略《わらんきりゃく》」「西侮紀事《せいぶきじ》」「アンゲリヤ（イギリス）人性情志」「泰西《たいせい》（ヨーロッパ）録話」「防海策」等々。松陰の師・佐久間象山《しょうざん》の影響を受けて海外に目をむけていることが伺えます。

一八五三年、松陰二三歳の時、アメリカのペリーが四艘《そう》の軍艦をひきいて浦賀《うらが》（神奈川県横須賀市）に来航します。欧米列強が地球上のすべての地域、国を資本主義の市場にするべく、軍事力を背景にして日本の開国を迫ってきたのです。松陰は西洋の事情を知るチャンスとばかり海外密航をあわせて三度試みます。一回目は浦賀に停泊している艦船に近づきますが、浦賀についたら出航した後でした。二回目はロシアの船が長崎にいることを確かめ、いざというときに艀《はしけ》の船頭に断られます。三度目は再来航したペリー艦隊に小舟で二人で出かけますが、舟べりに櫂《かい》を固定する装置がこわれ、困り果てて着衣の帯からふんどしまで使って固定、やっと艦船につけ乗船したけれど、密航は断られ、岸に返されます。このとき、密航の件は公にしない約束をしてくれたとのこと。目的の大きさに比べ、準備の不十分さが目につきます。「櫂は三年、櫓《ろ》は三月《みつき》」といわれるくらい櫂は難しいのにその情熱には驚きます。そもそも密航の件は下田奉行に自首して、江戸伝馬町《てんまちょう》に投獄されました。国禁を破ってのことですから、極刑もおかしくないのですが。

ペリー来航は瞬時に全国へ

黒煙をもくもくだして来航した艦隊を見て、浦賀の人はびっくりしたでしょう。が、幕府の指導部は軍事的な備えなく、全国的に統一された軍隊もないのですから、慌てました。

しかし、ペリー来航は瞬時に全国で知るところになりました。最近の日本近代史の研究によれば、日本に風説社会が成立していたと教えてくれます。風説とは噂《うわさ》や風評のことです。地震や大火、コレラのような疫病の流行などは、このネットワークにのって、情報がつたわったと指摘されています。

風説を支えた一つは瓦版《かわらばん》です。テレビの時代劇に出てくる瓦版は現実的ではありませんが、一枚もので安値、流行と世相に敏感な便利な大衆的な情報手段でした。公儀《こうぎ》（幕府）にはばかられるようなところは、板元《はんもと》や筆者は名を隠しました。粗末な刷り物とはいえ、ニュース性を売り物にした読売とよばれたものは、維新前夜の江戸の住民にうけいれられ乱れ飛んだと記録されました。

封建社会の人民支配は「由《よ》らしむべし知らしむべからず」「公儀の政《まつりごと》には批判は許さない」でしたから、風説社会のがわでは、つねに手鎖《てぐさり》、死刑のおそれがありました。幕末の文化状況の一端に触れると、芝居、寄席、見世物が繁盛し、「ええじゃないか」や四国遍路《へんろ》、金毘羅詣《こんぴらもうで》など膨大な人口移動、個人の情報網、飛脚業の繁栄、どれも変革期にふさわしい状況がつくられていました。

身分制打破を主張

江戸伝馬町の獄につながれていた松陰は長州藩に移送され、萩《はぎ》にある野山獄《のやまごく》に下ります。翌一八五五年獄中で同囚の人たちに「孟子《もうし》」を教え始めます。年末に免獄となり、生家での禁錮《きんこ》となりました。孟子の講義は生家でも継続され、松下村塾《しょうかそんじゅく》の活動が始まります。松陰の講義や話は下級武士や青年たちを魅了し、長州のさまざまな人たちが参加してきました。明治政府の首相になった伊藤博文、山県有朋《やまがたありとも》、山田顕義《あきよし》（法相）や若くして命を落とした久坂玄瑞《くさかげんずい》、寺島忠三郎《ちゅうざぶろう》、高杉晋作《しんさく》などなど。

松陰の魅力の一つは、主張の明快さでした。かれの尊王攘夷《そんのうじょうい》、とくに攘夷は外国を排除して鎖国を続けるのではなく、海外に知見知恵を求め、日本における外国人の特権を廃止することであって、のちの明治政府の指導者の考えと一致していました。

もう一つの魅力は、封建的身分制を打破する主張です。

武士のなかには階級が一〇から三〇、四〇もありました。階級には家格がありどんなに能力に優れていても階級・身分の前には値打ちがなく、それが代々変わらないのです。福沢諭吉《ふくざわゆきち》も身分制は親のかたきでござると言い切りました。だいたい松陰のように、生家は二六石の下級武士のせがれが国政に口を出すこと自体が封建的身分制と対立するものでした。

幕藩体制の指導者の中に、この難局を切り抜ける人物が「大臣に其《そ》の人なくんば、寄組に取る、寄組に人なくんば大組に取り、これを遠近《えんきん》・無給に取り、徒士《かち》・足軽《あしがる》に取り」さらに「農工商に取るも不可なることとなし」（一八五八年）。これは、下級武士や青年の胸に響いたにちがいありません。

このころ、さすがの松陰のまわりに暗雲がわきおこりつつありました。彼の理想主義が妥協のないものに変化しつつあったのです。門人が離れ始め、孤立を深め、手段の過激化がすすむ。藩主の駕《かご》を待ち伏せして、攘夷説得をする計画まで。いわゆる要駕策《ようがさく》です。

これが露見して松陰の江戸送りの幕命が下り、一八五九（安政六）年一一月に処刑されたのです。時に吉田松陰、二九歳でした。

第二の維新に松陰を

明治一六（一八八三）年に自由民権運動が衰退した後、明治二〇年になって民権運動は、突然、息を吹き返します。当時の谷干城《たにたてき》農商務大臣の辞任がきっかけです。

明治二五（一八九二）年に徳富蘇峰が東京・本郷で吉田松陰について講演したものが、翌二六年に『吉田松陰』になって出版されます。

「いま第二の維新の時代がやってきた。青年よ立て」と主張しました。松陰がどんなに困難でも勇気をもって進んだように、と。

蘇峰は当時の青年に語りかけます。

「明治の青年は天保《てんぽう》の老人に導かれるものに非《あら》ず。天保の老人を導くものなり」と。新時代の指導者としての自覚をもてと呼びかけます。

しかし現実の青年の把握はきびしいものでした。いまの青年は叩頭学《こうとうがく》がさかんだ。叩頭とは頭を地におしつけるようにおじぎして人におべっかを使うことだ。そこはよく学んでいる。だが、もっと自分の実力を磨《みが》いてほしい、と。

二葉亭四迷《ふたばていしめい》の『浮雲』には、上司のご機嫌を取って出世していく青年が勝利し、ご機嫌取りの言葉をつかえない、おべっかを嫌う青年が出世できず、それだけでなく、何もかも失うという世相が描かれていました。四迷は客観的に、二種の人間類型をたんに読者に提出したのではなく、おべっかを使って出世していく青年にはげしく批判的でした。蘇峰も同じで、これではいけない、叩頭学ではダメだ、自力をつけよとはげましたのです。

『吉田松陰』は蘇峰の青年への期待の大きさが伝わってきます。

日本はその後、明治二七〜二八年の日清《にっしん》戦争に勝ち遼東《りょうとう》半島を獲得しました。しかし同年、ドイツ、フランス、ロシア三国は、遼東半島を日本が受けるのは取り過ぎだと抗議。日本は清国に返します。この報に接して蘇峰は日本も実力をつけないといけないと、残念ながら、帝国主義の立場に転向しました。

（木村　孝）

第三章　民権より国権重視へ傾斜

――福沢諭吉『学問のすすめ』

「自由と独立」を鼓吹した進歩的思想家なのか、「アジア蔑視の侵略肯定論者」なのか。福沢《ふくざわ》諭吉《ゆきち》は毀誉褒貶《きよほうへん》の激しい思想家です。果たして福沢の思想の内実はどのようなものだったのでしょうか。

「文明開化」は福沢の造語

福沢諭吉は江戸時代の天保五年一二月一二日（一八三五年一月一〇日）に、中津藩《なかつ》（大分県中津市周辺）の下級藩士の家に生まれました。父は学識ある人でしたが、身分が低いために能力を発揮できず、強い不満をもっていました。福沢は晩年の『福翁自伝《ふくおうじでん》』で「門閥《もんばつ》制度は親の敵《かたき》でござる」と語っています。

黒船来航の翌年の一八五四年、福沢は長崎に出て蘭学《らんがく》（オランダの学問）を学び始めました。江戸時代は洋学（西洋の学問）といえば蘭学だけでした。福沢は、当時有名だった大坂（現在の大阪市）の適塾《てきじゅく》に移り、猛勉強の結果、二二歳で最年少の塾長になりました。

一八五八年秋、福沢は中津藩から命じられて藩の江戸屋敷内に蘭学塾を開きます。これが慶應義塾の前身です。ちょうど井伊直弼《いいなおすけ》大老の尊王攘夷《そんのうじょうい》派に対する大弾圧（安政の大獄）が始まった時でした。

その頃、福沢は新たに開港した横浜に出かけて、オランダ語が全く通じないことにショックを受け、英語を一から独学し始めます。

その後、福沢は幕府の使節団に加わりアメリカとヨーロッパに合計三度行きました。明治維新前に、これだけの海外体験を積んだ日本人はまれでした。

若い頃の勉強ぶりや欧米での体験は、『福翁自伝』に生き生きと語られています。

欧米諸国の見聞から、福沢は日本の遅れを痛感し、航路の途中で中国などが英仏の植民地にされている様子も目の当たりにします。西洋諸国の政治、経済、社会を詳しく紹介した著書『西洋事情』はベストセラーとなりました。

徳川幕府を倒した薩長を中心とする新政府は、一八六八年九月八日、慶応から明治と改元し、江戸時代は終わりました。この時、福沢は三三歳。幕藩体制と明治の近代にまたがる自分の一生を、福沢自身は「一身《いっしん》にして二生《にしょう》を経《ふ》るが如く」（『文明論の概略』緒言《ちょげん》）と語っています。

新しい時代に、福沢は個人の自由独立と西洋文明の導入の重要性を説き、啓蒙《けいもう》思想家として華々しく活躍しました。「文明開化」という言葉も、福沢が civilization の訳語として最初に使ったものです。

身分にかわる「学問の力」

西洋諸国を模範に、新しい日本の在り方を平易に語ったのが『学問のすすめ』でした。一八七二（明治五）年から一八七六（明治九）年にかけて、一七分冊に分けて発行され、大ベストセラーになりました。累計部数は約三〇〇万部といわれます。その内容を見てみましょう。

「天は人の上に人を造らず人の下に人を造らずと言えり」の冒頭はつとに有名です。しかし、大事なのはその続きです。人間の生まれは平等なのに、現実には賢愚貧富貴賤《きせん》の違いがあるのはなぜか。その差は「学問の力」から生まれるというのが、福沢の主張でした。

「人は生れながらにして貴賤貧富の別なし。ただ学問を勤めて物事をよく知る者は貴人となり富人となり、無学なる者は貧人となり下人となるなり」。

ここでいう学問とは江戸時代に盛んだった漢学や国学ではありません。西洋の実学を学ぶことを強調しました。物理学、経済学、倫理学など、自然科学・社会人文科学にわたる西洋科学全般でした。

学問の力が貴賤を分けるという原理を、福沢は国同士の関係にも当てはめます。本来「国は同等」だが、現実に富強国と弱貧国があるのは、文明開化の差だとしました。

「一身独立して一国独立す」

そして福沢は個人の独立があってこそ国家の独立が達成できると「一身独立して一国独立す」と説きました。この言葉に福沢の思想の核心と矛盾が凝縮されています。福沢は次のように言います。

国の独立を守るためには、個人の独立が必要である。その一番の理由は、支配者に服従するだけの国民には愛国心が湧かないからだ。「自由独立の気風を全国に充満せしめ」、国民が日本を自分の家のように思ってこそ、「一命をもなげうって惜しむに足らず」と国のために勇敢に戦うようになる。

いま読むと、「お国のために血を流す」ことを求める国家主義的な主張に聞こえます。実は福沢の思想にはそういう弱点がありました。『文明論の概略』（一八七五年）では「国の独立は目的なり、国民の文明はこの目的に達するの術なり」と明言します。国家の独立こそ目的であり、個人の独立はそのための手段にすぎないというのです。

国家を個人の上に置いたことが、福沢が民主主義から離れていく原因になりました。

その後、明治国家の体制が確立し、国民生活改善と民主主義の要求が、政府の富国強兵の方針と対立するようになると、福沢は民権よりも国権重視の主張を強めていきます。

福沢の影響は大きく、多くの若い士族や豪農が福沢の著作に鼓舞されて自由民権運動の志士になりました。土佐出身の植木枝盛《うえきえもり》もその一人です。植木は福沢の民主平等の思想をさらに推し進め、自由民権運動の急進的理論家として活躍しました。しかし、福沢自身はそれとは反対の方向にすすんだのです。

福沢の思想は、その国会開設論によく現れています。自由民権派は、国会を開けば、農民に重い負担となっていた地租の減税ができると説きました。一八八〇（明治一三）年に福沢も国会開設請願書を起草しましたが、その理由は全く逆でした。〝政府の最大の困難は税収不足である。国会を開設すれば、人民は政府の困難を自分の困難と考えるようになり、増税が可能になる〟と論じたのです。福沢は日本の資本主義化のために、農民の犠牲は必要だと考えていました。

万民平等を裏切る晩年の主張

晩年には新たに起こってきた労働運動を露骨に嫌悪します。「最も恐るべきは貧にして智ある者」と述べ、貧しい者は無知にとどめるべきだとまで主張しました。万人に学問を説いた初期思想とは全く逆です。

福沢の対外的主張は日本帝国のアジア進出策と歩調を合わせるものでした。とくに「脱亜《だつあ》論《ろん》」（一八八五〔明治一八〕年）は有名です。アジアを脱するという意味です。

その主張はこうです。日本は文明国になったのに中国・朝鮮は旧弊《きゅうへい》を改めようとしない。だから日本は「西洋の文明国と進退を共にし」、中国・朝鮮に対しては「西洋人がこれに接するの風に従って処分すべきのみ」。「亜細亜《アジア》東方の悪友を謝絶する」と。
さらに別の論文では、〝進んだ外国が朝鮮を支配した方が、朝鮮人民にとっては幸せである〟とすら書きました。『学問のすすめ』で「自国の富強なる勢いをもって貧弱なる国へ無理を加えんとするは、（略）国の権義（権利）において許すべからざること」と書いたことと反します。抽象的には国家間の平等を説いたにもかかわらず、現実の国際政治では文明強国による弱小国の支配を認めたのです。
福沢諭吉は一九〇一（明治三四）年、脳出血のため、六六歳で世を去りました。福沢は近代日本の栄光と悲劇の双方を体現した思想家でした。その思想の矛盾は、近代日本が抱えた矛盾そのものだったといえるでしょう。

〔付記〕本稿は主に福沢諭吉の思想の影の面を論じました。光が強いほど影も濃くなるといわれます。冒頭に書いたように、福沢はなにより「自由と独立」を実人生でも貫いた先駆的思想家です。弱点があったからといって、その思想・業績の全体を否定するものではないことを付記しておきます。

（北村隆志）

第四章　合理的思考をつらぬいた経済人
――田口卯吉『日本開化小史』

自由主義とは?

自由主義とはなにか。二種類あります。

その一つは、いま、地球規模の経済活動で膨大な利潤を得ている巨大資本の自由主義（新自由主義）と、もう一つは、一七～一九世紀の資本主義を形成しようとする若い産業資本の自由主義の二種類です。

ここでは、後者の近代資本主義の形成とともにあらわれた自由主義を見てみようと思います。一八二五年、世界で最初に資本主義経済が確立したのはイギリスです。一六八九年の名誉革命というブルジョア革命からおよそ一三五年かかっています。

イギリスの産業資本家たちは、国家にたいし経済活動の自由をもとめました。政治的には専制政治に反対し、議会を発展させ、また、個人の思想、言論、信教の自由を主張しました。同時に社会の近代化（民主化）をすすめました。人類の歴史からみれば、これは大きな進歩です。ですが、資本主義の発展にともなって台頭してきた勤労人民の民主主義（生存の自由など）には、地主などの封建勢力とともに否定的でした。これが自由主義です。

一九世紀のヨーロッパは現代に劣らず激動の時代でした。一八六〇年ごろにはフランス、ドイツなどが資本主義国になり、七〇年代になると「グレイト・デフレーション」というヨーロッパをまきこんだ二十数年続く大不況が始まります。人びとが苦しんでいる一方、大不況の最中に独占資本が各国でうまれ、世紀末〜二〇世紀はじめには、植民地を争奪する帝国主義時代に突入します。

明治維新について

日本に資本主義が確立したのは、一九〇七（明治四〇）年です（一章参照）。世界は帝国主義時代でしたから、日本は資本主義の確立と同時に帝国主義国として登場しました。

明治維新（一八六八〈明治元〉年）から三年後、欧米を視察した伊藤博文（一八四一―一九〇九）は、「ヨーロッパの政治と社会には三〇〇年はかかるだろう。けれど経済は数十年で追いつける」とのべたそうですが、わずか四〇年たらずで　資本主義に変えたというのには驚きます。産業資本が時間をかけて形成した資本主義ではなく上からの政商資本主義ですから、イギリスの場合と違って、時代を画するような自由主義の時代はうまれませんでした。

権力、政治家と三井、三菱など利権にからんだ大商人とが結合した政商資本主義とはいえ、資本主義には変わりありませんから、ブルジョア的経済人が生まれ、政商資本主義を批判する人が登場するのは必然です。その一人が田口卯吉《たぐちうきち》（一八五五―一九〇五）です。

田口卯吉は明治維新のときは一三歳。卯吉の父は大久保彦左衛門に縁ある人。江戸に生まれ、英語と医学を修めます。一八歳で大蔵省出仕。その後、自由貿易経済論を研究。『東京経済雑誌』を主宰《しゅさい》し自由主義の論陣をはる。五年かけて『日本開化小史《にほんかいかしょうし》』を出版。自由党に参加、「自由新聞」に論説を書く。

東京市会議員、国会議員として活躍。明治一八年、両毛鉄道を計画し、明治二〇年、同鉄道の開通と共に社長に。

しばしばヨーロッパで政治、経済、社会を観察、アダム・スミス、リカードを研究しました。これが明治の異色の自由主義者、田口卯吉です。同時代に徳富蘇峰《とくとみそほう》（一八六三―一九五七）がいます。蘇峰は途中、自由主義の立場をかえましたが、田口は生涯、主張を変えることはありませんでした。

森鷗外の賛辞

『日本開化小史』（一八八二〔明治一五〕年）は田口の日本の古代から明治までの歴史研究です。ここにかれの自由主義の基礎にある社会観、歴史観を明快、簡潔、大胆にのべています。明治社会を意識しての分析で、人民の生活へのふかい理解と同情を感じさせます。

「およそ社会は生物体のように一定の法則のもとに存在している。その法則とは草木の『保《ほ》生避死《せいひし》』（生を保ち死を避ける）の天性であり、草木がこの法則にしたがって生長するように、社会体にも社会進化の理法がある。われわれがすすんでこれを適用するならば、わが邦《くに》の前途も自由の制度のもとにおいて最もすみやかに発達するだろう」

「社会の法則的な発展をしていってこそ文明開化、文学、宗教も発展する。文学や宗教などの文化には『養生《ようじょう》の地』としての財貨の生産と分配の社会の基礎があり、その上に人民の生存、社会がなりたつ」

「その社会の発展の原動力は、人間の一人ひとりの利己的な活動であって、社会が正常な状態ならば、多数の人間の利己的行動は社会的な善に連なっている。もし、利己的活動が公利と一致しないときは社会が正常でないときである」

さらにこうもつけ加えています。

「草木が自由の空気の中にあって最もよく生長することを知る者は、社会もまた自由なる制度の下においても最も速やかに発達することを知る」と。

明治の天皇制政治の社会観、人間論とどんなにかけはなれているか。

森鷗外《もりおうがい》は『日本開化小史』について、「鼎軒《ていけん》先生」（鼎軒は卯吉の雅号）という一文を書いています。

「時代は別に二本足の学者を要求する。東西両洋の文化を、一本足ずつの足で踏まえて立っている学者を要求する。（中略）そういう人は現代に必要なる調和的要素である。然《しか》るにそういう人は最も得難《えがた》い。（中略）私は鼎軒先生を、この最も得難い二本足の学者として、大いに尊敬する。（中略）世間では一本足同士が、相変わらず葛藤《かっとう》を起こしたり、衝突し合ったりしている」（傍点原文）

　生涯、批評するのを好まなかった森鷗外の、核心をついた文章です。

鉄道を論じてやまず

　一八八一（明治一四）年、日本鉄道会社の設立と東京―青森間の鉄道の敷設がきまりました。鉄道官僚が考え軍事的な意味も含まれたものでした。田口卯吉はすぐ「日本鉄道会社を論ず」を書きました。交通網の完備は急を要するがしかし「今俄《にわか》にこれを易《か》うるに鉄道をもってせんとするのは急進」すぎる。わが国の実情から見て二千万円を一路に投下するよりも、三分の一、または十五分の一の費用で可能な鉄道馬車、木道馬車に投下せよ、と。

「生産が増え漸次之《ぜんじこれ》（鉄道馬車、木道馬車）を鉄道に改める、また可ならずや。之《これ》実に貧国を富国となす道なり」

　ここには中央集権的な財政の是正、政商資本主義の解体による民間産業の自生的な発展という、経済発展についての見通しがみてとれます。

「英国のロンドンの地図をみると、ロンドンからマンチェスターへの線路は縦横蜘蛛《くも》の如し」

イギリスでは経済活動のさかんな数多くの小都市があり、これを鉄路が連結しているとのべています。

地方の小都市・地方経済圏の自生的な発展にしたがって地方鉄道網をつくり、全国的な鉄道網はそれからだという主張です。鉄道といえども一つの商業だ、事業の損得を十分調べなければならない、大ざっぱな計画ではだめだという資本家的合理性がよみとれます。

明治前期の東京の交通をみると、馬車と牛車の普及が注目されました。でこぼこ道を無軌道の乗合馬車だったものが、明治一五年に鉄道馬車が開通し、二二年には乗合馬車の営業者は七九人、七四三頭の馬が活躍していたとあります。

こうした現実を直視して時間をかけて、自生的に産業を発展させていったなら、政商を避け、その末裔《まつえい》の財閥《ざいばつ》が支配する現在の資本主義も、少しは姿が変わっていたかもしれません。

（木村　孝）

第五章　現代に通じる「国家百年の計」
――中江兆民『三酔人経綸問答』

今回とりあげる作品は、自由民権運動をささえた理論家・思想家の中江兆民《なかえちょうみん》（一八四七―一九〇一）の『三酔人経綸問答《さんすいじんけいりんもんどう》』（以下、『問答』）です。一八八七（明治二〇）年、兆民四〇歳の作品です。三人の酒好きの論客が、国家百年の計を自由に語りあっています（経綸とは国をおさめ、ととのえることです）。

明治二〇年という時代は

『問答』が書かれた明治二〇年は、非常に緊迫した時でした。明治憲法が発布される二年まえのことで、憲法発布の翌年には帝国議会の開設がひかえていました。兆民の弟子で社会主義者の幸徳秋水《こうとくしゅうすい》は、「先生、過激の策を好む」とのべています。情勢が悪くとも、『問答』を発表したいとなったら、実現しないではいられない精神の持ち主だったようです。

明治一〇年代後半は、明治政府に「フランス革命の前夜」と思わせるほど騒然としました。明治一七年、全国各地で一六七件の農民騒擾《そうじょう》がおこり農民闘争のピークをむかえ、自由民権運動が激発しました。

福島事件、群馬事件、加波山《かばさん》（茨城）事件、秩父《ちちぶ》事件、飯田（長野）事件、静岡事件等々。福島事件は自由党幹部の河野広中《こうのひろなか》ら逮捕者が二〇〇〇人をかぞえ、群馬事件では妙義山中に数千人の農民を集め、秩父事件では一〇〇〇人の農民が組織をととのえて郡役所や高利貸しなどを襲撃。飯田事件では自由党員らの一〇〇〇人の挙兵計画が発覚しました。

これらにたいし、明治政府は治安立法の強化でこたえました。一例をあげます。

明治一五年　集会条例改正　集会・往復通信禁止

明治一六年　新聞条例改正　出版条例改正

明治二〇年　保安条例公布　新聞条例改正

その当時の民権運動のおもな活動は、演説会、新聞や雑誌の発行などでしたから、弾圧が体系的に強化されたことはあきらかです。

さらに、軍人勅諭《ちょくゆ》（明治一五年）、教育勅語《ちょくご》（同二三年）が加わり、国民の自由な精神活動にたいする圧迫は、驚異的でした。

主題は日本の独立だった

こうした情勢のなかで、兆民はさまざまな問題をとりあげていますが、主題は、小国日本ははたして独立を守れるのか、ヨーロッパ列強の政治、経済、文化の面からの影響を受けてかれらの従属国になってしまうのではないか、でした。これは当時の国民が広くもっていた危機感でもありました。三人の登場人物、紳士君、豪傑《ごうけつ》君、南海先生の意見をみて、兆民の考えとそれへの対応をみてみたいと思います。

●紳士君の意見　紳士君は南海先生から民主家だといわれているように、一日も早く民主主義を実現し、軍備をもたない平和国家にならなければ小国日本の将来はないと言っています。国民が自由になることこそ文明と富強の基礎だ、自由とは人間自身が自分の主人になることだ、それを保障するのが民主主義だといいます。非武装・民主立国論ともいえるものです。この考えは、ヨーロッパ列強の帝国主義という現実を批判する視点をふくんでいると同時に、日本がヨーロッパの資本主義国と肩を並べるようになった時の自戒を含んでいるのではないかと思わせます。

紳士君の意見の特長は、歴史の発展をとりあげたとき、専制政治から立憲（君主）政治、立憲政治から民主政治へと政治の形をくわしく、そのコースが必然的過程であるとえがいていることです。戦争の原因について、民主政治が発展したときは戦争の原因がなくなるといいます。豪傑君の戦争論とその違いがはっきりするところです。

●豪傑君の意見　豪傑君は侵略家と言われていますが、日本の独立を守るために中国への侵略を考えます。それは小国が独立を守るには国外に出ていって、自らが大国になる以外の道はない、それが失敗しても戦争に出かけて行った連中、民主主義に敵対する守旧分子を排除することができる、それはそれで日本の民主化にとっては都合いいことだろうと紳士君に言っています。

独立を守るために侵略するという豪傑君、独立を守るために民主国家・平和国家を建設するという紳士君。独立を守りたいという深いところで両者に共通点があることを兆民は示唆しています。ただ豪傑君が、戦争の原因を人間の闘争心、本能にあるとしているところは注意すべき大きな問題です。

天賦人権論争の教訓

『問答』が書かれる数年まえ、天賦《てんぷ》人権論争というものがありました。天賦人権論というのは、人はだれでも生まれながらにして、自由・平等の生活を享受する権利を持つという思想です。加藤弘之《ひろゆき》という東大総長にもなった学者は、人間にはだれにも人権があるという説は、自然科学的に証明できない、まちがいだという「人権新説」を唱えました。自然界の生物はつねに闘争をし、優勝劣敗のくり返しのなかで自然淘汰《とうた》されてきた。これは自然科学的に正確に確認できることだというのです。

大事なことは、だれもが人権をもっている、これはわれわれが人間である以上、証明する必要がないことです。人権は人間的な自覚の高まりとともに広まってきた歴史の事実であって、一八世紀のアメリカの独立宣言やフランスの人権宣言に明文化されたものです。わが国でも明治初期の啓蒙《けいもう》思想家や自由民権論者に受けつがれてきました。天賦人権をそれだけ単独にとり出して議論すると同義反復になってしまいます。人間は不平等でいいという証明を加藤弘之ができなかったことが、その最大の解答というべきでしょう。

国民の意見に従うという意味

●南海先生の意見　南海先生は紳士君の意見は今は実現できない理想だといい、豪傑君の考えは時代遅れだと批判しています。主として紳士君への批判を展開していますが豪傑君にもつながると思います。

紳士君は歴史の発展を、専制政治、立憲政治、民主政治への発展としてくわしく論じたが、歴史というものはジグザグですすむものだ、直線的にはいかない。政治家は時と場合とを十分に知ると同時に、政治活動の本質をよく理解しなければならない。国民の意見をよく聞き国民の関心、興味がどこにあるかを把握する必要がある。それらに応じて、福祉を実現することが大事である。この二つにしたがってすすむのが政治の姿だ。政治は結果が良ければいいだけでなく、プロセスも大切だ。

ここには南海先生の現実をリアルに見る観察が光っています。その観察がもっとも威力を発揮するのは民権に二種あるというくだりです。上から恵み与えられる恩賜《おんし》の民権と、イギリスやフランスのように人民がみずからかちとった回復的民権です。これは人民がかちとったものだから、分量の多少は自明です。恩賜の民権は上から与えられるので、その分量はわからない。回復的民権ではないから、人民はこれを大事に育て養って、回復的民権にまで進化させなければならない、と。

南海先生は紳士君によびかけます。

「あなたが民主思想が好きならば、その思想というタネを、しゃべり、本に書いて人びとの脳髄のなかにまいておきなさい。そうすれば何百年か後には国中にさわさわと茂るようになるかもしれないのです。いまの人びとの脳髄は貴族の草花が根をはびこらせているのです」

加藤周一、桑原武夫、鶴見俊輔《しゅんすけ》など戦後の代表的な知識人は、『三酔人経綸問答』に、「不朽の作品」「明治文学の最高傑作」「名作」という高い評価を与えています。現代につうじる読みごたえのある作品です。

（木村　孝）

第六章　日本近代文学の出発①
――坪内逍遥『小説神髄』他

日本の近代文学は、維新の志士たち（一八三〇年代生まれ）の、子どもの世代（一八六〇年代生まれ）によって始められました。それは双方の生まれ年を比べてみれば明瞭です。

例えば明治維新で活躍した西郷隆盛は一八二八年生まれ、大久保利通は一八三〇年生まれ、坂本龍馬は一八三六年生まれです。一方、明治の代表的文学者である坪内逍遥《つぼうちしょうよう》は一八五九年生まれ、森鷗外《もりおうがい》は一八六二年生まれ、夏目漱石《なつめそうせき》は一八六七年生まれです。一八六八年が明治元年ですから、逍遥から漱石の世代は、明治の社会で教育を受けた最初の世代です。この世代のおかれた環境と体験から日本の近代文学は生まれました。

身分社会から立身出世の時代へ

明治維新によって封建的身分制度は廃止され、身分によって人の将来が決まった時代は終わりました。そして始まったのが立身出世の時代です。福沢諭吉《ゆきち》が『学問のすすめ』（一八七二年）で書いたように、学問こそ立身出世の道とされたのです（三章参照）。

当時の学生は「書生《しょせい》」と呼ばれ、西洋の進んだ科学技術とともに、自由と平等の思想を学んでいました。社会で実力を発揮して、地位と名誉を得たいという強烈な上昇志向がありました。その一方で、実際にはまだ遅れた社会で、望みを妨げる様々な壁に直面しました。それは国家や家庭の縛りであったり、能力や経済的条件であったり、さまざまです。

江戸時代の社会では例外にすぎなかった「居場所探し」「生き方探し」という課題が、新しい時代の青年の共通の悩みになったのです。

新しく学んだヨーロッパ文学を手本に、新時代の青年たちの悩みと趣味に応える文学が求められていました。その道を最初に開いたのが、坪内逍遥（一八五九―一九三五）の文学論『小説神髄《しんずい》』であり、二葉亭四迷《ふたばていしめい》（一八六四―一九〇九）の小説『浮雲《うきぐも》』だったのです。

『小説神髄』が否定したもの、受け継いだもの

坪内逍遥は尾張藩の下級武士の家に生まれ、一八八三（明治一六）年に東京大学文学部を卒業しました。当時「学士」を名乗れたのは官立の東大卒業生だけで、慶応義塾などの私学卒業生には認められていませんでした。しかも逍遥と同期の東大卒業生はわずか六七人、うち文学部は一〇人でしたから、「文学士」という肩書は、今とは比べ物にならない重みがありました。

逍遥は少年時代から歌舞伎見物を楽しみ、江戸時代の戯作《げさく》小説を読みふける文学好きの少年でした。旧時代の戯作趣味に首まで漬かっていた逍遥ですが、東大の英文学の試験で新しい文

学に開眼します。

「『ハムレット』の王妃ガートルードのキャラクタア（性格）を批評せよ」という出題で、逍遥は「キャラクタア」の意味がわからず、道徳的な善悪を論じる答案を書きました。当然、イギリス人の担当教授が与えた評価は低いものでした。逍遥はこの時に、日本の勧善懲悪《かんぜんちょうあく》の文学思想と、西洋の近代文学の思想には大きな違いがあることに気づき、文学の研究に本格的に取り組むようになります。

その蓄積に立って世に問うたのが、『小説神髄』（一八八五〈明治一八〉年）でした。逍遥はこの本で「小説の主脳は人情なり、世態《せたい》風俗これに次ぐ」と主張し、小説の中心に人間心理と生活の現実描写をすえました。もう一つ、何かに役立つ「目的」（功利性）を小説に求めることを拒み、芸術としての小説の自立性を強調しました。

文学史的にいえば『小説神髄』は、それ以前の二つの文学の流れを否定するものでした。一つは、滝沢馬琴《ばきん》『南総里見八犬伝《なんそうさとみはっけんでん》』のような江戸期の勧善懲悪型の伝奇小説です。もう一つは、古代ギリシャ・テーベの独立戦争を描いた矢野龍渓《りゅうけい》『経国美談《けいこくびだん》』のような明治初期の政治小説です。

その一方で『小説神髄』の主張は、江戸の庶民を描いた式亭三馬《しきていさんば》『浮世風呂《うきよぶろ》』のような人情物の戯作を、図らずも復活させる意味を持ちました。江戸時代の文学を一方では否定しながら、他方では受け継いでいるところが、『小説神髄』の複雑さです。新旧の過渡期に生まれた文学論の難しさ、面白さがここにはあります。

『小説神髄』について加藤周一『日本文学史序説』は、江戸時代に「本居宣長《もとおりのりなが》(『源氏物語玉の小櫛《おぐし》』)が『源氏物語』についていったこととほとんどちがわない」と新味の乏しさを指摘しています。

文学者の地位の飛躍的向上

しかし、『小説神髄』と、その実践として逍遥が書いた小説『当世書生気質《とうせいしょせいかたぎ》』をもって、「我が国の近代的文学論と作品の始めである」とするのは「今日では定説」(中村光夫)とされています。それには理由があります。

坪内逍遥の登場の意味は、「文学士」という新しい時代のエリートが、小説を論じ、小説を書いたこと、それ自体にありました。江戸時代の戯作者たちの地位は低く、最高権威の滝沢馬琴でさえ薬屋を兼業しなければ生活できませんでした。逍遥は文学者の地位を飛躍的に向上させました。新しい近代文学は戯作とは異なり、高等教育を受けた青年が一生を託すにふさわしい仕事であることを、身をもって示したことが逍遥の最大の功績です。

逍遥の文章は、書生の趣味にも合いました。『小説神髄』にはシェークスピアやディケンズなど西洋文学(特に英文学)の実例が多数出てきます。『当世書生気質』は書生の会話中心の、多分に戯作的な作品ですが、横文字の言葉が会話の中に頻出します。ドイツ語を学生言葉に多用した旧制高校生文化の源流はすでに明治の初めからあったのです。内容的には古い人情物を、新しい西洋的な装いに包んだところが、やはり新旧の教養を合わせもっていた当時の青年読者（書生たち）に大いに好まれたのです。

逍遥の主張は、まだ大学予備門の学生だった尾崎紅葉《こうよう》らを鼓舞し、『金色夜叉《こんじきやしゃ》』など「洋装した江戸文学」といわれる硯友社《けんゆうしゃ》文学に引き継がれます。

初めて近代小説を書いた二葉亭四迷

逍遥の影響を受けながら、逍遥を乗り越えて、日本で初めて近代文学といえる小説を書いたのは二葉亭四迷です。

二葉亭四迷は逍遥の五歳年下で、最初は軍人志望でした。しかし陸軍士官学校の受験に、近眼のため三度不合格になります。それで外交官をめざし東京外国語学校でロシア語を学び、ロシア文学に魅せられました。文学は「人生に対する態度乃至《ないし》人間の運命」を描くものだと、文学の思想性まで深くつかむに至ります。それは表面的な客観描写の主張にとどまっていた逍遥の、さらに先を行く理解でした。

四迷は『小説神髄』が出ると、たくさんの付箋紙《ふせんし》を張って逍遥を訪ね、質問攻めにしました。逍遥はこの未知の文学青年の深い見識に驚き、終生、四迷を支え続けます。逆に、四迷に比べて自分は旧態依然だと、数年後に逍遥は小説を書くのをやめてしまいました。

二葉亭四迷の処女作で代表作が『浮雲』（一八八七〔明治二〇〕年）です。主人公の内海文三《うつみぶんぞう》は人付き合いが下手で、役所をクビになってしまいます。下宿先の叔母と娘のお勢《せい》は、それまで文三との結婚さえほのめかしていたのに、免職を知った途端に冷たくなります。その上お勢は、文三の友人で役所でも上司に取り入って出世する本田昇《のぼる》と急に親しくし始めます。文三は些細《ささい》なことでお勢と言い争い、後悔と憤懣《ふんまん》で暗く落ち込みます。自己の生き方を貫きたい自尊心と、それができない自己嫌悪のはざまで悩む青年の屈託が主題です。

登場人物を生き生きと目に見えるように描き分けたこと、生き方をめぐる青年の苦悩を掘り下げたこと、言文一致体の文章を工夫したことなど、真に画期的な小説です。不器用な人間や異端児を排除する社会への批判もこめられています。

『浮雲』は、小説は「形」（現象）を通して、作者の「意」（思想）を描くものだという四迷の文学論を実践したものです。青年の生活と倫理の問題は、その後、鷗外、漱石や藤村《とうそん》によって一貫して追求されていくことになります。

（北村隆志）

第七章　日本近代文学の出発②
――二葉亭四迷『浮雲』

文学は年号のようには変わらない

前章に続いて、一八八七（明治二〇）年の『浮雲《うきぐも》』をとりあげます。二葉亭四迷《ふたばていしめい》（本名・長谷川辰之助《たつのすけ》、一八六四―一九〇九）という二三歳の青年が書きました。年号が慶応から明治に変わってわずか二〇年しかたっていないときに、社会がかかえている問題と青年男女の生き方をテーマにした長編小説ですから、当時の人たちは驚きました。

また、言文一致の文章にも驚きました。

言文一致とは、文章の言葉づかいを話し言葉に一致させることで、それまでの文章は、話し言葉とはちがう文語まじりの文章でした。

よく、明治を境にそれ以前の文学を、昔の古典にくくり、明治以後の作品を近代文学といいがちですが、それは一考を要します。年号が変わったからと言って、文学が変わることはないからです。

明治二〇年、全国貸本屋のベストセラーの調査では、第一位は為永春水《ためながしゅんすい》という人の『春色梅《しゅんしょくうめ》児誉美《ごよみ》』でした。これは天保三（一八三二）年の人情本、男女の交情をあつかった小説です。

作品は江戸庶民のなかにしっかり根付いていて、明治になってから急にすたれてしまうということはなかったのです。

世渡り下手で優柔不断な主人公

『浮雲』に登場する人物は主として四人です。なかでも主人公は内海文三《うつみぶんぞう》という二三歳の青年で、静岡県の下級武士の家に生まれました。一五歳のとき上京、叔父の家に寄宿して私塾にかよい、成績優秀で卒業します。なかなか就職できませんでしたが、ある省の下級職員に採用されました。

叔父の家には後妻のお政《まさ》と娘のお勢《せい》がいます。二葉亭四迷は、お政とお勢に明治時代初期の女性の新旧二つのタイプを与えています。

文三はお勢に好意をもち、お勢もそれに応じてふたりはいいなずけのような感情をもっています。

お政は娘を文三に嫁がせてもいいと考えます。ところがある日、文三が諭旨免職《ゆしめんしょく》・くびになってしまいます。そこへ登場するのが文三の職場の同僚、本田昇《のぼる》です。かれは、休日には上司の家に入り浸って、何かとご機嫌をとって昇級していくという出世主義者で、お勢にもだんだん接近していきます。

文三の態度がはっきりしないので、お勢の関心が昇のほうに移っていきます。

現代の感覚でいえば、「好きだ、将来結婚しよう」と言えばお勢の動揺も収まるのでしょうが……卑《いや》しくも男児たるもの、女なんぞに惚れるような性根《しょうね》を失うことは恥ずかしい、というような意識がまだのこっている明治時代です。文三にもそうした風俗がのこっていたかもしれません。くわえて優柔不断な文三は、昇の攻勢をみながら悶々《もんもん》とするのみで、復職のために、もとの職場の上司にお世辞《せじ》の一つも言って、取り入ることもできません。

お政は娘の幸せを願うだけの古いタイプの女性として描かれます。文三がくびをきられてから、手のひらを返すように意地悪い叔母に変身します。お勢は外見は新しい女性の生き方をつくろいますが、気持ちは昇に向いていきます。うわべは新しいが、中身が伴わず、男の甘言《かんげん》にひきつけられていくのです。

昇は出世し、お勢をものにしてしまいます。それだけでなく、上司の妹にも色目を使うしまつ。文三は、自分のくびきりになんらかの反撃や打開の行動もできず、お勢にもなんの働きかけもできず、二階の自分の部屋にとじこもって、なやむだけの日が続く。

反立身出世主義

以上が小説の大筋です。文三が自分を偽ってまで復職をねがい、また出世しようとは思わない青年であることと、お勢への気持ちはさいごまで裏切らなかったこと、このふたつが読後の心にのこります。

後年、二葉亭四迷は述べています。

「現時の日本に立って成功もし、勢いのあるのは、昇一流の人物であろう。」

なぜ文三は昇に敗れるのか。

一方で自由民権運動が全国的に後退し、他方で明治憲法の制定、国会開設という国家の整備が進んでいるとき、立身出世を拒み自己に忠実に生きようとする青年は、孤立するほかなかったのでした。

反立身出世主義という近代日本の隠れた傾向を、社会科学者が問題にする以前に、文学者がいち早く気づき問題提起していたことも記憶されていていいことです。

日本の近代文学の記念碑的作品といわれる所以《ゆえん》のひとつがここにあると思います。

ロシア文学から学んだ社会批判

二葉亭四迷は一七歳（明治一四年）のころ、将来、ロシアは南下してきて、日本と必ず摩擦をおこすだろう、そのときのためにロシア語を学ぼうと、東京外国語学校露語科に入学、二二歳まで勉強します。その間、ロシア語の先生の指導で一九世紀ロシア文学のツルゲーネフ、ゴーゴリ、ドブロリューボフ、ゴンチャロフ、ドストエフスキー等々を原書で愛読します。

『浮雲』を創作するとき、ドストエフスキー、ゴンチャロフを参考にしたと述べています。

そもそも内海文三のような青年を小説の主人公に選ぶというのは、「余計者《よけいもの》」を描いたロシア文学の影響なくしては考えられなかったことです。

封建社会から近代社会へ社会が発展するとき、近代を準備したものが、イギリスでは経済学、ドイツでは哲学でした。日本では文学が果たした役割が大きい。四迷はじめ、北村透谷《とうこく》、鷗《おう》外《がい》、漱石《そうせき》などが海外の文学を研究して、日本近代文学の源流の一つが形成されていきました。四迷が親しんだ一九世紀のロシア文学の特徴は、ロシア社会の後進性からくる社会批判の広範な深い視野であり、理想を追求する伝統をもっていました。

「農奴制のもとで、なんらの政治的自由がない国民のもとでは、文学は、国民の怒り、自己の良心のさけびを伝えることができる、ただ一つの演壇になる」（ゲルツェン）、「ロシアでは文学は知的活動のすべてを結集している。文学には、偉大な使命が課せられている」（チェルヌイシェフスキー）、「われわれの政治的自由は農民の解放と不可分である」（プーシキン）と語っています。

金子幸彦（ロシア文学者）は、ロシア文学には「一言でいえば、まわりの者が不幸であるとき、人間はおのれを幸福者と感じることはできないという思想」があるとのべています。

これらのことばは、日本とロシアの文学に歴史的親和性があることを示しています。

われわれへの宿題

視点を変えて『浮雲』を読みなおしてみると、四迷がわれわれに宿題を残したのではないかと思えます。なぜ宿題か。

『浮雲』の発表後、一四〇年近く経ちましたが、われわれは今も共通の課題を抱えているからです。文三が自分に対する不合理な解雇になんらの抗議も、多少の抵抗もしなかったのはなぜか、という問題です。明治二〇年の作品世界では、難しいことではあるでしょうが、ここを切りひらいてこそ、近代文学の真の記念碑であると言えるでしょう。

ある法学者は「一般に、日本人は個人として自己の中に自分の行動についての絶対的な基準や尺度をもっているわけでなく、他の人間との関係の中に基準をおいている」とのべています。別に表現するならば、社会の広範なところに自覚した個人、自覚的市民、市民社会がうまれることが要請されているということです。

その意味で現在はいまだに、明治維新の渦中にいると言ってもいいでしょう。到達すべきところがはっきりしているだけ、時代は進んでいると思います。

（木村　孝）

第八章　国家と個人の矛盾を生きる
――森鷗外『舞姫』

明治の文豪として森鷗外《もりおうがい》と夏目漱石《なつめそうせき》は別格です。二人とも学識豊かな知識人であり、国費留学で西洋の先進文明を直に知って、近代日本の急速な西洋化のゆがみを深くとらえていたからです。

しかも、漱石が英文学者から小説家に転じた、いわば文学の専門家であったのに対し、鷗外は医学者であり作家であるという多面的知識人でした。そのうえ軍医として日露戦争に従軍した軍人であり、最後は陸軍軍医トップに上り詰めた高級官僚でした。

こうした鷗外の多面性が、他の作家にはない複雑さをもった文学に結果したのは当然です。西洋と日本、科学と文学、国家と個人など、鷗外ほど近代日本の矛盾をみずから生きた作家はいません。

森鷗外（本名・森林太郎《りんたろう》、一八六二―一九二二）は津和野藩（現島根県津和野町）に生まれました。代々、藩の典医を務める家柄でしたが、六歳で明治維新がおこり、九歳で廃藩置県が実施されたため、家族で上京します。第一大学区医学校（現東京大学医学部）予科に一一歳で入学。

年齢が受験資格に満たなかったため、二歳偽っての受験でした。東大医学部を最年少の一九歳で卒業して陸軍に入省しました。

日本の近代化のため、ヨーロッパの進んだ科学文明を摂取することが、明治新政府の焦眉の課題でした。そのために政府は、若い優秀なエリートたちをヨーロッパ各地に留学させました。留学生は学んだ知識で国への貢献が期待されるとともに、将来の立身出世も約束された存在でした。

近代化が国家的要請だった時代に

森鷗外も将来の日本を担う一人としてドイツに留学しました。一八八四（明治一七）年、二二歳の時でした。それまで長男として家の期待を一身に背負い、勉強と勤務に明け暮れていた鷗外にとって、ドイツの自由と解放感は初めて体験するものでした。

実際、ドイツ滞在中の日記には、日本では考えられないほど男女交際が自由であることを書いています。男女が一緒に踊る舞踏会は、若い鷗外にとって新しい世界の扉を開くものでした。また、鷗外は医学だけでなく文学も熱心に学びました。ドイツ文学はもちろんギリシャ悲劇から英仏伊露などの文学もドイツ語で読み、四年間の留学中に四五〇冊余を読破しました。多忙な医学研究と並行してですから驚きです。

鷗外の初の小説『舞姫』は、帰国の翌年の一八九〇（明治二三）年に発表されたもので、留学体験を色濃く反映しています。

主人公・太田豊太郎《とよたろう》は必死に勉強し、法学を学ぶためドイツに留学します。そこで自由な社会と近代文学にふれて新しい気持ちが芽生えてきます。それまでは「ただ所動的、器械的の人物」でしたが、「自由なる大学の風」にあたって「奥深く潜みたりしまことの我」が目覚めてきたのです。

豊太郎は薄幸の美少女エリスと愛し合うようになり、エリスは妊娠します。そのため豊太郎は日本の官職を罷免されますが、親友・相沢謙吉が助け舟を出し、エリスと別れることを条件に、帰国・復職できるように計らいます。豊太郎は愛情か立身出世かの二者択一を迫られ、悩み苦しみます。

愛情か立身出世か

豊太郎は、結局立身出世の道を選ぶのですが、エリスに正直に言えません。代わって相沢がすべてをエリスに告げ、エリスは発狂します。「ああ、相沢謙吉が如き良友は世にまた得がたかるべし。されど我脳裡《わがのうり》に一点の彼を憎むこころ今日までも残れりけり」という豊太郎の言葉で小説は結ばれます。

『舞姫』を高校の国語で教えたことがありますが、生徒たちは〝なんてひどい男だ〟と豊太郎を責める声が圧倒的でした。しかし、この小説がかつては知識人青年の苦悩として読まれたのです。それは鷗外の迫真の心理描写のせいだけではありません。豊太郎の復職がただの私利私欲ではなく、日本の近代化という国家的要請にこたえることでもあったからです。エリスとの絶縁を迫った相沢は「学識あり、才能あるものが、いつまでか一少女の情にかかづらいて、目的なき生活《なりわい》をなすべき」と端的にその考えを語っています。

留学中の鷗外にもドイツに恋人がいたようです。というのは、エリーゼという女性が、帰国した鷗外を追って日本にやってきたからです。

鷗外には帰国と同時に、男爵家の令嬢との縁談が持ち込まれていました。エリーゼの出現は森家にとって鷗外の栄達の道を台無しにする一大事でした。そこで鷗外はエリーゼとは会わず、親族代表が説得して彼女を帰国させせました。エリーゼが帰国を決めてから鷗外は会いに行き、横浜からの出港を見送りました。鷗外は無事、男爵家の令嬢と結婚し、エリート軍医として出世の道を歩んでいきます。

エリーゼのことは鷗外の死後、家族の回想記によって初めて明らかになりました。当時は家族とごく数人の友人しか知らない秘密でした。鷗外も何の証言も残しておらず、その心情はただ『舞姫』から推測するしかありません。そういう点では、いまだに謎を秘めた小説なのです。

後年、鷗外は四九歳で『妄想』という小説を書いて、自分の一生は、与えられた役を演じただけで「この役が即《すなわ》ち生だとは考えられない。背後《うしろ》にある或る物が真の生ではあるまいか」という苦い思いを漏らしています。鷗外の一生は、国と家のために自分の本心を抑え続けるものでもありました。鷗外の小説は、カイゼル髭《ひげ》の仮面の下の本心を、時折解き放つ、個人的な息抜きでもあったのです。

日本の伝統文化の再発見へ

もう一つ、留学中に起きたナウマンとの論争も、その後の鷗外に大きな影響を与えたと言われます。

ドイツの地質学者のエドモンド・ナウマンは、ナウマン象の命名者として有名ですが、明治政府の招きで東京帝国大学初代地質学教授として一〇年間日本に滞在しました。ナウマンは、帰国後、新聞で日本の近代化のあり方を批判しましたが、鷗外はそれに反論したのです。

ナウマンは、西洋の「盲目的模倣」はかえって日本の弱体化を招くと指摘し、もっと日本の過去の優れた歴史・文化を大切にすべきだと批判しました。鷗外は、日本の西洋化は「模倣」ではなく「規範」として取り入れているものだと弁解しましたが、日本をよく知るナウマンに痛いところを突かれて、うまく反論できなかったのが本当のところでした。

評論家の加藤周一は「鷗外のその後の日本での文筆活動の背後には『ナウマン論争』が残っていた、というのが私の解釈です」「日本文化に奥深く入って、そのなかから今にいかせるものを取りだすという作業を続け、鷗外は深いところでヨーロッパと対決しようとしたのでしょう」(「鷗外・茂吉・杢太郎」『加藤周一著作集』第一八巻)と指摘していました。

鷗外が日本の伝統文化の再発見に向かったことは、とくに晩年の活動に当てはまります。乃《の》木《ぎ》希典《まれすけ》の殉死に触発されて書いた「興津弥五右衛門《おきつやごえもん》の遺書」を皮切りにした歴史小説、さらには江戸時代の儒学者の生涯をたどった『渋江抽斎《しぶえちゅうさい》』『伊沢蘭軒《いざわらんけん》』『北条霞亭《ほうじょうかてい》』の史伝三部作がそれです。

政治学者の三谷太一郎東大名誉教授は、『日本の近代とは何であったか』（岩波新書、二〇一七年）でユニークな視点から、史伝三部作を再評価しています。

三谷氏は、明治日本で曲がりなりにも議会制や政党政治という政治的コミュニケーション（政治的公共性）が成立したのはなぜかと問いかけ、それは前提となる非政治的な自由なコミュニケーション（文芸的公共性）のネットワークが江戸時代に成立していたからだと分析しています。そうした非政治的コミュニケーションの「実態を驚くべき綿密さをもって実証的に再現したのが、森鷗外晩年の『史伝』といわれる作品群です」と。そして、人物の優劣から『渋江抽斎』を最高とする従来の評価に対し、「『史伝』の実質は、それら個人というよりも、それら個人によって象徴される知的共同体そのもの」にあるとして、『北条霞亭』を第一としています。

このように鷗外読解は今も日々新鮮な課題です。

（北村隆志）

第九章　恋愛、国民、明治維新をめぐって

――北村透谷「厭世詩家と女性」他

今回は、一八六八（明治元）年の一二月二九日に小田原藩の士族の家に生まれ、二五歳で亡くなった北村透谷《きたむらとうこく》をとりあげます。詩人・評論家です。森鷗外《もりおうがい》、二葉亭四迷《ふたばていしめい》などと並んで、近代日本文学の先駆けとしての透谷の文学評論をとりあげます。

東京・京橋の小学校を卒業する（一三歳）と民権運動に熱中し、一六歳で失望、運動から離れます。苦悩ののち文学に生きる道をみいだし、二〇歳で最初の長詩「楚囚之詩《そしゅうのし》」（明治二二年）、「蓬莱曲《ほうらい》」（明治二四年、二二歳）を発表します。

恋愛至上主義の衝撃

初期の評論「厭世詩家《えんせいしか》と女性」（明治二五年、二三歳）は当時の作家、評論家を驚かせました。「恋愛は人世の秘鑰《ひやく》（秘密の鍵）なり、恋愛ありてのち人世あり、恋愛を抽《ぬ》き去りたらむには人生何の色味かあらむ」という冒頭の文章が注目を集めました。

「恋愛は人世の秘鑰なり。この一句はまさに大砲をぶちこまれた様なものであった。この様

に真剣に恋愛に打ち込んだ言葉はわが国最初のものと思う。それまでは恋愛―男女の間のことはなにか汚いものの様に思われていた。それをこれほど明快に喝破し去ったものはなかった」

作家、木下尚江《なおえ》のことばです。島崎藤村《とうそん》も同じような感想を書きのこしました。

じつは透谷は早熟な少年で、好色と恋愛の深刻な体験をもっていました。自由民権運動の年少の活動家だったころ、東京・八王子の遊郭に何度もかよったことがありました。

「余は数多くの婦人を苦しめ自らもってこころよしとしたる者なり」と評論の中で自責の念を書いていています。かれが文学仲間をおどろかせるほどの女性・恋愛観を示すことができたのは、封建的な倫理や習俗に批判精神をもち、人間性の解放を求めた人間観に支えられたからと思われます。

透谷の主張は、恋愛を文学の大事なテーマとして認めさせた画期となり、その後の藤村や与《よ》謝野晶子《さのあきこ》などに影響をあたえました。

自由への道の期待

明治初年にうまれ、以後、明治社会の変動に首まで浸っていた透谷は明治維新をどのようにとらえていたのでしょうか。

「維新の革命は政治の現象界において旧習を打破したること、万目《ばんもく》の公認するところなり。然れども吾人《ごじん》はむしろ思想の内界において、はるかに偉大なる大革命をなしとげたるものなることを信ぜんと欲す。武士と平民とを一団の国民となしたるもの、実にこの革命なり、長く東洋の社界組織に付帯せし階級の縄を切りたるもの、この革命なり。

……平民は自ら生長して思想上においては、もはや旧組織の下に黙従することを得ざる程に進みてありたり、明治の革命は武士の剣鎗《けんそう》にてなりたるがごとく見ゆれども、その実は思想の自動《はたらき》多きにありたるなり。

明治文学はかくのごとき大革命に伴いて起これり、その変化はいちじるし、その希望や大なり、精神の自由を欲求するは人性の大法にして、最後に到着すべきところは、各個人の自由にあるのみ」（「明治文学管見《かんけん》」明治二六年、二四歳）。

この一文は、叙事詩を読むような気持ちにさせます。透谷は、「国民」が誕生したことを見逃しませんでした。武士と平民とを一団の国民とした、それが維新という革命だと評価しているのです。維新以前の江戸時代は武家政治のもと、国民は存在していませんでしたから感動的だったのでしょう。

平民の思想の成長に注目しその到着点を各個人の自由であるとの確信を言いきった知識人は、ほかにいませんでした。

「これより日本人民の往《ゆ》かんと欲する希望いずれにかある。愚なるかな、今日において旧組織の遺物なる忠君愛国などの岐路に迷う学者、請《こ》う刮目《かつもく》して百年の後を見ん」（同前）と。

このように「英国」「米国」などヨーロッパ、アメリカの思想に追随して忠君愛国を述べるほかなかった学者をしりぞけました。

「デモクラシー（共和制）をもって、わが国民に適用し、根本の改革をなさんとするがごときは、きわめて勇壮なる思想上の大事業なり」（「国民と思想」同年）と。

しかし、明治の時代の勢いは透谷の希望をおし流しました。時代の流れの実態を見ておきます。

士族社会の解体と「国民」の誕生

明治維新とは、政治の実権を徳川政権から朝廷に返すこと（大政奉還）だけを指すのではありません。一八五三（嘉永六）年にアメリカのペリーが来航してから、一八八九（明治二二）年の明治憲法発布までの、約四〇年の政治過程をいいます。明治政府の最大の課題は、資本主義経済をつくりだすことでした。

一例をあげます。士族社会を解体して資本主義社会をいかに準備したかです。まず、政府の強化のために藩を廃止、全国を郡県制度に変えた廃藩置県（明治四年）、政府が支給していた士族の給与全廃を内容とした秩禄《ちつろく》処分（明治九年）。処分の実際をみると、旧藩主と華族五一九人には一戸当たり約六万円を、下級士族は約二六万人に一人平均四一五円を退職金のような意味で支給しました。大多数の士族は困窮しました。

これが「国民が一団になった」一面です。士族から自由民権運動に参加する者が多かったのもうなずけます。農民も商人も生活はどん底におちいりました。百姓一揆が明治以前の五年間に全国で二〇四回おき、維新後の五年間は三四八回に激増しました。

透谷の小田原藩は朝敵藩としてきびしい財政措置をうけ、士族の総没落のなかにありました。明治二〇年代に入ってから産業革命に入り二二年に大日本帝国憲法が公布されます。このころ、民権運動が崩壊し、憲法を批判するだけの体力は民間にありませんでした。政府は恩恵的に立憲制度を贈与し、国民大衆は「憲法発布《はっぷ》」と「絹布《けんぷ》の法被《はっぴ》」（士族が着る上着）との区別を知らず、歓呼の中で天皇の絶大な大権をむかえたのでした。

明治維新は「革命にあらず、移動なり」

これをみて透谷は「国民」にたいして、危機に臨む「群盲の衆生《しゅじょう》」「活気なき」「萎縮《いしゅく》しやすき民人」ときびしい評言を投げつけたことがありました。その後、「国民」を再検討し、あらためて未来をつくる積極性や自由への接近を見出していました。

さらに、国民の実態を知るに及んで、透谷、最晩年の「漫罵《まんば》」（明治二六年、一〇月号『文学界』）を記します。生涯の思いをこめた悲壮な一文です。

「今の時代は物質的の革命によりて、その精神を奪われつつあるなり。その革命は……革命にあらず、移動なり」

「今の時代に創造的思想の欠乏せるは、思想家の罪にあらず、時代の罪なり。物質的革命に急なるの時、いづくんぞ高尚なる思弁に耳を傾くるの暇あらんや。……彼等が耳は卑猥《ひわい》なる音楽にあらざれば、娯楽せしむること能《あた》わず」。

創造的勢力の導き手として偉大なる思想家・詩人出《い》でよと切望した透谷が、「国民」へなげかけたきびしい言葉は何を意味しているのか。それは「国民」によせる期待の大きさを表したものと読みとるべきでしょう。

「漫罵」を書いて半年後、北村透谷は重いうつ病が原因で縊死《いし》したのでした。

文学は時代の鏡といわれます。しかし、文学はたんに反映するだけでなく、時代を積極的に把握し、よりよい方向を示し、国民に働きかけるものです。そういうことを含めての反映です。透谷はそのために短い生涯を燃焼させせました。国民多数の支持を得るために活動するわたくしたちと身近な所に、透谷は今も生きているようです。

（木村　孝）

第一〇章　欧化時代と女性の文学

――『女学雑誌』と三宅花圃『藪の鶯』

明治初期の女子教育

明治維新後の日本は、西洋諸国と肩を並べることのできる近代国家をつくろうと、急激な欧化政策（文明開化）を進めました。

一八七一（明治四）年には断髪廃刀令が出され、もと華族や士族だった男性には、髷《まげ》を切り落とした西洋風の髪型が推奨されました。ところが女性に対しては翌年に断髪禁止令が出されました。文明開化とはいえ、女性には江戸時代の『女大学』という修身書による封建道徳観が巾をきかせていました。

同じ年に出された福沢諭吉《ゆきち》の『学問のすすめ』では、『女大学』の儒教道徳を否定して自由・独立・平等の考えが示されたものの、自由民権運動の指導者である中江兆民《ちょうみん》は、「男女異権論」をとなえるなど、女性の人権と封建制からの解放については、進歩的知識層の間でも理解されませんでした。

しかし、半封建の重い靄《もや》に閉じ込められた女性に、新たな風を吹き込む変化ももたらされました。一八七二（明治五）年の「学制」公布です。全国を学区に分け、大学・中学・小学校を設置することとし、身分や性別を問わず小学校教育を受けさせることになったのです。下層庶民や農民にとっては、労働力であった子どもを学校にとられ、授業料の負担が加わりました。けれども、江戸時代には、女性に学問は不要とされ、士族階級でさえ文字を知らない女性が多かったことを考えれば、女性の知的進歩と社会参加の可能性への、大きな一歩でした。

この年には、官立の東京女学校（後の東京女子師範学校、お茶の水女子大学）も設立され、女子の最高学府として、アメリカ人女性教師による英語教育が行われました。

一方、私立の女子教育の先駆けとなったのが、三年後の一八七五（明治八）年、横浜に開校したフェリス・セミナリー（現フェリス女学院）でした。キリスト教の伝道のために来日したメアリー・ギダーによる英語塾が発展したものです。この高等科の第一回卒業生が、後に児童文学「小公子」（バーネット作）の名訳を世に送ることになる若松賤子《しずこ》です。賤子は卒業後も英語教師として学校に残り、七年後に明治女学校の巌本善治《いわもとよしはる》と結婚しました。

明治女学校と『女学雑誌』

明治女学校は、アメリカの神学校で学び、牧師として帰国した木村熊二と、妻の鐙子《とうこ》によって一八八五（明治一八）年に設立されました。翌年に鐙子が急逝したため、巌本善治が教頭となり、「女性の地位向上・権利伸張・幸福増進のための学問」を教育理念とし、啓蒙書として『女学雑誌』を発行しました。執筆者には、キリスト教徒の内村鑑三《かんぞう》、植村正久《まさひさ》、北村透谷《とうこく》、女性民権家の岸田俊子（中島湘烟《しょうえん》）など、進歩的な人々が登場していました。

巌本と賤子の結婚後は、賤子の海外文学の翻訳や翻案、小説が頻繁に誌面を飾り、なかでも一八九〇（明治二三）年から連載された「小公子」は、言文一致体のみごとな翻訳で高く評価され、文学史に残る作品となりました。

編集には、若い女性記者の活躍もありました。京都府立高等女学校を卒業し、岸田俊子に共鳴して女権拡張運動に参加した清水紫琴《しきん》です。親に従った結婚に破れ、自由民権運動の活動家との恋愛に傷ついて上京した紫琴は、明治女学校に学びながら編集を手伝い、主筆を務めるまでになります。

一八八九（明治二二）年、大日本帝国憲法が公布され、翌年には国会が開設されました。その第一通常議会の前に出された衆議院規則案には、「婦人ハ傍聴ヲ許サズ」とありました。女性には選挙権もなく、「集会及《および》政社法」で政治集会や結社への参加を禁止、その上に議会の傍聴まで禁じるというのです。『女学雑誌』は特集を組んで抗議を示し、紫琴は「泣て愛する姉妹に告ぐ」と、女性に向けて訴える形で、強い抗議の評論を書きました。また、小説「こわれ指輪」を一八九一（明治二四）年に同誌に発表。屈辱の結婚生活からの自立を、文学作品にしました。

明治女学校は、三宅花圃《みやけかほ》、相馬黒光《こっこう》、大塚楠緒子《くすおこ》、羽仁《はに》もと子、野上弥生子《のがみやえこ》などの優れた作家・ジャーナリストを輩出して一九〇九（明治四二）年に閉校しました。欧化の波にのったキリスト教は、日本の近代思想と女子教育の進展に大きな影響をもたらしました。明治女学校はその象徴的存在でした。

三宅花圃『藪の鶯』

日本の近代文学は、『女学雑誌』の創刊と同じ一八八五（明治一八）年の、坪内逍遥《つぼうちしょうよう》の評論『小説神髄《しんずい》』によって開かれました。勧善懲悪《かんぜんちょうあく》主義を批判、写実を重んじ人間の心理を描くことを提唱し、小説は独自の芸術的価値をもつという新しい文学観を示したのです。逍遥はまた、小説『当世書生気質《とうせいしょせいかたぎ》』を発表。江戸の戯作《げさく》調を抜けていないものの、文明開化時代の学生の風俗を生き生きと描き好評を博しました。これを読んで、これなら私にも書けると、女学生の身で一気に書いたといわれるのが、三宅花圃（当時は田辺姓）の『藪《やぶ》の鶯《うぐいす》』（一八八八年刊）です。

作品は、欧化時代の象徴である鹿鳴館《ろくめいかん》の、新年宴会のダンスパーティ会場の女学生の描写に始まります。一人は一六歳の控え目な性格の浪子。もう一人の際立つ洋装髪型は二つ年上の浜子。浜子の父は西洋かぶれの子爵で、住まいも暮らしもすべて西洋風。養子の勤が外遊から帰れば浜子と結婚させるつもりが、浜子は英語の家庭教師である官員の山中に熱をあげています。

帰国した勤は西洋嫌いになっており、「一生苦楽を共にしようという目的のたたない」結婚を延ばすうちに子爵が病死します。勤は爵位と世襲財産以外のものをすべて浜子に渡し、山中と結婚させます。ところが山中には年上の情婦がおり、浜子の財産を奪って姿を消します。勤は、両親を亡くし、弟を学校にやって自らは毛糸編みの内職でつつましく暮らしている女性と結婚をするという筋書きです。

文章には戯作調があり、芸術的価値は乏しいものの、軽薄な開化主義や、ごまかしとおべっかで保身をはかる官吏への痛烈な批判があり、貧しくともいたわりのある堅実な生活に温かい目を注いでいるところに、作者の意図が表されています。

浪子の言葉に「私は文学が好きですから。文学士か何かのところへいって。ご夫婦ともかせぎにするワ」とありますが、当時の女性としてはきわめて新しい、主体的な生き方をみることができます。

花圃の本名は龍子。一八六八（明治元）年生れ。父は幕臣時代に外国奉行調役を務め、二度の渡欧を経験、維新後は外務少丞《しょうじょう》として新政府に登用された元老院議官（議員）の名士。麹町小学校から跡見花蹊の塾、桜井女学校で学び、明治女学校で英語を習得してから東京高等女学校に入学。傍ら一〇歳から歌塾「萩《はぎ》の舎《や》」に通い、ここで後輩の樋口一葉《いちよう》と交わりました。花圃の影響で作家を志した一葉を、文芸雑誌の『都の花』や『文学界』に紹介し、文壇に押し出す役割を果たしました。その後、自由民権運動に参加した経歴のある哲学者で、当時のリベラルな国粋主義の雑誌『日本人』を創刊した三宅雪嶺《せつれい》と結婚し、家庭生活のなかで執筆活動を続けました。

『藪の鶯』は、女性初の近代文学作品として文学史に刻まれてきました。欧化時代から、その反動としての国粋主義が台頭する明治二〇年代初頭の古風な気風もうかがえる作品です。大日本帝国憲法が発布され、女性の人権が認められないままに国会が開設される、その前夜という時期に、開化期の教育を存分に享受し、主体的に生きようとした女学生作家の誕生でありました。

（澤田章子）

第二章　貧窮のどん底で生まれた名作

——樋口一葉「たけくらべ」「にごりえ」

樋口一葉《ひぐちいちよう》は、女性として初めて五〇〇〇円札の肖像に用いられたことで、若い世代にも身近になっていますが、作家としての活躍は、明治二〇年代の終わりの、わずか四年ほどでした。

代表作「たけくらべ」で脚光を浴び、「大つごもり」「にごりえ」「十三夜《じゅうさんや》」「わかれ道」など、当時の庶民の女性たちを描いた名作が親しまれ、明治を代表する女性作家として位置づけられてきました。

歌塾でたった三人の「平民組」

一葉は一八七二（明治五）年生まれです。江戸から明治になって五年目。全国に小・中・大学校を設置する「学制」が発布され、新橋・横浜間に鉄道が開業、徴兵制が発布、太陽暦が採用されるなど、近代化に向けて文明開化が急速に進むとともに、軍事化がはかられている時代でした。

両親は、現在の山梨県塩山《えんざん》の農家の出身ですが、若くして江戸に出て働き、幕末に八丁堀同心の株を買って士族となり、維新後は東京府で働いていましたので、一葉は東京府構内の官舎で生まれました。

学齢前から読書が大好きだった一葉は、小学校の成績が優秀であったにもかかわらず、当時は八年の課程だったところを六年でやめさせられました。母親が女子には学問よりも家事をと主張したためでした。後に一葉は日記に「死ぬばかり悲しかりしかど、学校は止《やめ》になりけり」と書いています。

かわいそうに思った父親が、一四歳の年に中島歌子《うたこ》の主宰する歌塾「萩の舎《はぎのや》」に通わせてくれましたが、華族・上流階級の女性たちが、自家用の人力車で通ってくるような歌塾でしたから、下級官吏の娘である一葉には、場違いなところでした。

江戸時代の士農工商という身分制度は廃止されていたものの、一八八四（明治一七）年には華族令が出され、従来の公家華族や旧諸侯のほかに、国家に功績のあった者や多額納税者に爵《しゃく》位《い》（公・侯・伯・子・男）を与え、政治や財産面での特権をもつ階層がつくられていました。

一葉は士族の娘という誇りをもっていましたが、萩の舎では、たった三人の「平民組」として扱われ、身分上の差別に傷つくことも少なくありませんでした。しかし、負けん気の勉強力で和歌や王朝文学を学び、歌子師匠に認められる存在になっていきました。

ところが、一五歳の時に、樋口家の跡継ぎと決められていた長兄が結核で亡くなりました。そのうえ、二年後には、警視庁を退職後、事業に失敗した父が病死するという不幸に見舞われます。長女は結婚して家を出ており、次兄は分家をしていましたので、一七歳の一葉が家督《かとく》を継ぐ戸主《こしゅ》となりました。

女性にとって反動の時代

この年、一八八九（明治二二）年は、大日本帝国憲法が公布されました。同時に皇室典範が制定され、天皇は絶対的存在とされ、皇位継承権は男系の男子に限られ、女子は除外されました。

帝国議会の開設にあたって選挙法も定められました。議会は貴族院と衆議院の二院制となりました。当時、爵位をもつ約五〇〇人の代表である貴族院と、五〇〇〇万人の国民を代表する衆議院とが、同等の政治的権限をもつというものです。貴族院は、皇族、公侯爵、伯子男爵からの互選議員、天皇による勅選議員、多額納税者からの互選議員で構成されます。衆議院は、国税一五円以上を納める二十五歳以上の男子だけに選挙権を認め、同額の財産資格のある三〇歳以上の男子だけに被選挙権を認めるものです。

女子には選挙権も被選挙権もないばかりか、翌年出された「集会及《および》政社法」によって、女性の政治参加は、政治集会の傍聴に至るまで、全面的に禁じられました（一〇章参照）。新聞を読み、政治に関心のあった一葉は、後に知人から国会の傍聴券をもらい、自身は行かれないため、次兄に譲っています。

明治二〇年代は、日本に初めて議会が開設された時代ですが、その内容は国民全体から見れば不平等なものであり、女性にとっては江戸時代よりも強い制約を受けた反動の時代だということができます。

その男尊女卑の時代に、一葉は女の戸主として、父の借財を背負い、母と二歳年下の妹との三人家族の生活に責任をもつことになったのです。

当時は、女性が家族の生活を支えることのできる勤めといえば、学校の教師ぐらいしかありませんでした。そこで一葉は、小説を書いて生活しようと思いたちました。萩の舎の先輩の田辺龍子（三宅花圃《みやけかほ》）が、『藪の鶯《やぶうぐいす》』という小説を出版して原稿料を手にしたという前例があったからです。知人を通して、「朝日新聞」の小説記者であった半井桃水《なからいとうすい》に弟子入りをして、小説修行をはじめますが、売り物になる小説がなかなか書けず、苦労をします。

「たけくらべ」の子どもたち

一葉の名作のなかでも最もよく知られた「たけくらべ」は、吉原遊郭《よしわらゆうかく》に隣接する街に住む思春期の少年少女たちを描いた作品です。物語は、遊郭で格の高い花魁《おいらん》の妹で、いずれは遊女になることが約束されている美少女の美登利《みどり》と、お寺の息子で、やはり将来は僧侶になるはずの藤本信如《のぶゆき》という少年との、淡い恋心をめぐって展開されています。そうして、社会の貧困問題と深く関わる廓《くるわ》の存在を背景に、少女から大人になることでその「苦界」に呑み込まれていく美登利の心の悶《もだ》えをありありと描いたところに、作品の切実さと奥深さがあります。

議会開設の同年に発布された「教育勅語《ちょくご》」で、国民道徳の基本として、天皇への「忠義」とともに親への「孝行」が教え込まれていた時代です。子どもたちは、親が決めた道をたどる他に生きるすべがありません。金で売られ、金に縛られて生きる女性の性とその人生をみつめた一葉の目には、当時の社会のあり方への、鋭い批判のまなざしがありました。

生活のために小説家をこころざした一葉ですが、勉強するうちに、単に金のために書くのではなく、「真情に訴え」る、価値ある作品を書きたいと思うようになります。作品に向かう気持ちは慎重になり、生活は苦しくなるばかりです。

借金でつないできた暮しも限界となり、貧窮のどん底に陥った一葉は、商いで生活する決心をし、母親を説得して、本郷の家から引っ越したのが、吉原遊郭に隣接した下谷区龍泉寺町《りゅうせんじ》（現台東区竜泉）でした。家賃が安く商いのできる家を探してそこにたどりつくまでには、途中の貧民窟と呼ばれる地域も垣間見たことでしょう。

時を同じくして、ジャーナリストの松原岩五郎《まつばらいわごろう》が『最暗黒の東京』（明治二六年、民友社刊）という優れたルポルタージュを発表していました。貧富の差の広がる東京には、住む家もなく、わずかな賃仕事で木賃宿に泊まり、軍の施設から出る残飯で食いつなぐ人々の集落が点在していました。「たけくらべ」には、そういう地域から吉原へ稼ぎにくる人々のことも書き込んでいます。

苦悶する女性を描いた「にごりえ」

女性と貧困の問題を、より明確に訴えた作品が「にごりえ」です。

主人公のお力《りき》は、公認されていた吉原遊郭とは異なり、新開地といわれる地域で、「銘酒屋《めいしゅや》」を看板にしながら実は女性たちに売春をさせる店の酌婦《しゃくふ》です。お力に恋をして通いつめたために、蒲団屋の店をつぶし、土方となって裏長屋住まいをする源七には、働きものの女房もあり、かわいい子どももいますが、今だにお力が忘れられません。

源七が会いに来ても出ていかないお力は、薄情な女とみられますが、実は男の家庭を破壊する酌婦の身であることに苦しんでいました。酒宴から逃げ出したお力の、狂うほどの内面の苦悶を、一葉は迫真的に描き出しています。

お力は結局源七による無理心中で死んでしまうのですが、一葉は、人間として優れたものをもちながら、貧困のために身を滅ぼしてしまう女性の心を切実に訴えたのです。

そうして一葉自身、今日まで残る名作を産みだしながら、貧困のなか、わずか二四歳で結核のために亡くなりました。一八九六（明治二九）年一一月二三日のことでした。

貧困や差別、搾取をなくす社会主義運動が起こるのは、明治三〇年代に入ってからのことでした（一三章参照）。

（澤田章子）

第一二章　日清戦争の戦地の凌辱事件
——泉鏡花「海城発電」

朝鮮の支配権をめぐって

近代日本の初の海外との戦争、日清戦争《にっしんせんそう》は、日本が朝鮮の支配権を我がものにするために起こした戦争でした。

日本は、明治維新後の新政府のもとで、常に朝鮮での権益を求め、中国への進出をはかっていました。そこへ、一八九四（明治二七）年五月、南朝鮮で、李朝《りちょう》王政の圧政に抗して農民運動が起こりました。甲午《こうご》農民戦争です。朝鮮政府はこれを抑えるために、清《しん》国に出兵を要請しました。清が大軍を出したと知ると、朝鮮への出兵の機会をねらっていた日本は七〇〇〇の大軍を送りました。農民運動は、朝鮮政府と和約を結んで撤退しましたが、日本は軍隊をそのまま居座らせ、朝鮮への支配力を強化、大陸への足がかりとするために、朝鮮国王の実父である大院君《テウォングン》を擁立してクーデターを起こさせ、一方でイギリスとの間に日英新条約を調印してその後援を得ました。

同年七月二五日、日本海軍は豊島《プンド》沖で清国艦隊を攻撃、陸軍が京城《けいじょう》（現ソウル）北方の成歓《せいかん》の清国軍を破り、八月一日になって宣戦布告をしました。日本は朝鮮の平壌、清の大連、旅順などで勝利し、その間海城《かいじょう》も制圧して一方的勝利となり、翌九五年四月一七日、講和条約を締結しました。清国は朝鮮から手を引き、日本は遼東《りょうとう》半島と台湾を割譲させて植民地とし、朝鮮の支配権を得るとともに、賠償金約三億円を手に入れました。ところが遼東半島については、ロシア、フランス、ドイツが共同してこれに反対し（三国干渉）、ロシアの勧告を受諾して清国に還付しました。このためロシアは満州に鉄道敷設《ふせつ》権を獲得、日本では「臥薪嘗胆《がしんしょうたん》」を合言葉にロシアへの報復の国民感情が扇動され、後の日露《にちろ》戦争へつながることになってしまいました。

社会と人生の裏面を描く

泉鏡花《いずみきょうか》（一八七三―一九三九）といえば、長編「婦系図《おんなけいず》」がよく知られていますが、「高野聖《こうやひじり》」「歌行燈《うたあんどん》」など、神秘性や幽玄を特徴とするロマンチシズムの作風が高く評価されてきた作家です。ロマンチシズムとは、現実よりも理想を重んじ、夢や空想の世界を情緒的に描く傾向です。けれども鏡花は初期には「予備兵」「貧民倶楽部《くらぶ》」「夜行巡査」「琵琶《びわ》伝」そして「海城発電《かいじょうはつでん》」など、社会性を強くもった作品を書いています。年齢でいえば二一歳から二三歳。ちょうど日清戦争の勃発から終戦直後の時代です。

この時期には、文学史のうえでも樋口一葉《いちよう》、廣津柳浪《ひろつりゅうろう》、川上眉山《びざん》などの、下層庶民の貧困や社会矛盾に光を当てた作品が登場した時代でした。戦争推進に「挙国一致」をはかる風潮とは逆に、現実の社会と人生の裏面を描く作品群です。廣津柳浪の作品を深刻小説とか悲惨小説といい、鏡花については「夜行巡査」や「外科室」が、川上眉山の「大盃《おおさかずき》」や「書記官」と並べて観念小説と称され、新進作家として注目を受けました。

「海城発電」は、それらの作品のひとつとして、一八九六（明治二九）年一月の『太陽』（博文館）に発表されました。題名は、中国遼寧省鞍山市南部の地、海城から発信した電報という意味です。

赤十字看護員と野蛮な軍夫たち

作品の舞台は、日清戦争の戦地であった海城の富豪の屋敷です。赤十字社の看護員である神崎が、海野という「百人長」（隊長）をはじめとした十数人の軍夫によってこの屋敷に連れ込まれ、責められています。軍夫とは、民間から集められ、軍の運搬や雑役に従う者です。

神崎は敵に捕えられ、二ヵ月後に解放されたばかりです。神崎が敵陣で軍の秘密をしゃべったのではないかと疑い、拷問による尋問にも何も知らないと言い通したと聞くと、敵状を探ってきたはずだと責めます。神崎は二ヵ月の捕虜生活のなか、敵陣の負傷者の手当に尽くしたため、感謝状を受けて解放されていたのです。軍夫らは、敵状を探ることもせず敵の介護に尽くすとは、「国家という観念」や「愛国心」に欠け、「神州男児」らしからぬ。「国賊、逆徒、売国奴、殺せ」と、猛《たけ》り立つが、神崎は落ち着きはらい、赤十字看護員の立場だけを主張します。

一人の軍夫が、捕虜になる前の神崎を知っていました。流れ弾で負傷した富豪を神崎が介抱して送り届けた帰りしなに、清の兵隊がきたため、富豪が神崎を屋敷の奥の娘の部屋に匿《かくま》った。五日間隠れているうちに娘の李花が神崎に心を奪われ、神崎が清の兵隊に勾引《こういん》されると、李花は彼を追って吹雪のなかに倒れ、以来病の床に付いたという。ここはその屋敷で、軍夫らは家人を追い払い、奥に病床の李花がいるばかり。

軍夫らの罵倒にも怯《ひる》むことなく平然としている神崎に業を煮やした海野は、李花を神崎の前に引きだし、病衣を裂いて挑発します。しかし神崎は軍夫らの暴力を受ける李花を一瞥《いちべつ》しただけでその場を去ります。

戸口に背の高い黒装束の人物がおり、やがて軍夫らが去ると、残された李花の亡骸《なきがら》を確認し、ロンドンの新聞社に宛てた電報で作品は閉じられます。

「海城発　予は日撃せり。日本軍の中には赤十字の義務を完《まっとう》して、敵より感謝状を送られたる国賊《こくぞく》あり。然れどもまた敵愾心《てきがいしん》のために清国の病婦を捉えて犯し辱《はずかし》めたる愛国の軍夫あり。委細はあとより。　じょん、べるとん」

戦争中の鏡花と創作のきっかけ

日清戦争の時代を描いた小説はあっても、戦地を舞台とした作品は「海城発電」以外にはみられません。森鷗外《おうがい》は軍医として従軍し、国木田独歩《どっぽ》も新聞記者として記事を書いていましたが、厳しい言論統制下であり、戦乱による惨《むご》たらしい遺体などを見ていても、小説にはしていません。戦地を体験していない鏡花が、なぜ強姦《ごうかん》をふくむ戦地での悪行を描いたのでしょうか。鏡花は一八七三(明治六)年に金沢市に生まれ、作家をこころざして一七歳で上京するまでは、金沢に暮らしました。日清戦争が起こった時には父親の死去に伴い、帰郷していました。金沢には名古屋第三師団の分営があり、予備兵が徴集されていたところから、「予備兵」という小説を書いています。金沢城の南門から出征した第七連隊は、海城攻略の主戦部隊だったといいます。

東京へ戻った鏡花は、博文館で編集の仕事に就いています。当時博文館からは写真入りの『日清戦争実記』が発行されており、郷里の部隊の動向を含めて、戦地の状況を詳しく知ることができたと思われます。外国の報道記者によって暴露された日本軍の旅順攻略における一般住民への虐殺事件なども知り得たことでしょう。『日清戦争実記』には、日本赤十字社員の功労を賞揚したタイムス社の記事なども掲載されているとのことです。

これらの体験や報道から創作されたのが「海城発電」です。

個人のあり方を考えさせる

赤十字は、敵味方の別なく負傷兵の介護をするという、きわめて人道的で理想的使命をもっている国際的な組織です。しかし平等な介護だけを絶対とし、目の前に凌辱《りょうじょく》を受けている女性を助けようとしないのはどうでしょう。個人のあり方として卑劣だといわなければなりません。そこには、「愛国心」だけを絶対として隣国を蔑視し、強姦や殺人さえ犯す者との精神的な同一性をみることができます。そこに痛烈な批判をこめた作品となっています。それを、非人間性を本質とする戦争を背景に描いたところに、若い鏡花の人間探求と鋭い批判精神を読みとることができるのです。

日清戦争以来、日本の近代は戦争に戦争を重ね、アジア諸国を侵してきました。今また平和が脅かされているなか、「海城発電」は戦争の実相の一端を伝えるとともに、個人のあり方についても、深く考えさせる作品となっています。

（澤田章子）

第一三章　庶民の不幸描いた日清戦後文学
――廣津柳浪「雨」

文学の変化と「悲惨小説」

日清《にっしん》戦争（一八九四年七月～一八九五年四月）は、日本の政治・経済に変動をもたらしただけでなく、文学の動向にも変化が生まれました。悲惨小説（深刻小説）や観念小説といわれる作品が次々に書かれ、流行現象となりました。死、貧困、病など、人生の悲惨や社会性のある材料で思想性を帯びた作品などです。

なかでも廣津柳浪《ひろつりゅうろう》（一八六一―一九二八）の「変目伝《へめでん》」「黒蜥蜴《くろとかげ》」「今戸心中《いまどしんじゅう》」などが悲惨小説といわれました。泉鏡花《きょうか》には、当時の貧困社会を描いた「貧民倶楽部《くらぶ》」や、戦地での日本人軍夫による清の女性への凌辱《りょうじょく》事件を描いていることで注目される「海城発電《かいじょうはつでん》」という力作もあります（一二章参照）。これらの作品と時をあわせて、樋口一葉《いちよう》の「大つごもり」「にごりえ」「たけくらべ」も発表されており、戦時から戦後にかけての文学的高揚が示されました。

一方、戦争中には、歌人の佐佐木信綱《のぶつな》の「支那征伐《しなせいばつ》の歌」に象徴されるような、戦争をあおる軍事小説や戦争詩、軍歌、戦争劇などが氾濫《はんらん》していました。それらは芸術とはかけ離れた一過性のものでしかありません。戦争が終わってみれば、社会の深刻な現実に向かい合うことになるのでした。

その中心的な書き手である、柳浪、眉山《びざん》、鏡花が硯友社《けんゆうしゃ》の作家であったことも注目されます。硯友社は、一八八五（明治一八）年、尾崎紅葉《こうよう》が中心となって結成された文学集団です。明治一〇年代の自由民権運動の反動から、政治性を退け、文学は娯楽であるとの考え方のもとに「我楽多文庫《がらくた》」を創刊し、「読売新聞」をも発表の場として、文壇を形成していました。

その硯友社の中心的作家が、娯楽性を抜け出し、時代の矛盾に目を当て、下層庶民の生活に材をとった社会性のある作品を発表しているのですから、文学史上の大きな変化となったのでした。

貧困社会の探訪と研究

作家たちの変化を促す要因には、戦前からの良心的なジャーナリストの活躍がありました。明治維新後の日本は、富国強兵政策をとりながら天皇制絶対主義を確立してゆく過程で、国民は過重な税金、物価の高騰に苦しめられ、高い小作料を課せられた農村は疲弊し、旧藩を離れ、定職を失った人々は都市に集まります。一方で一八八四（明治一七）年の「華族令」によって新たな特権階級がつくられ、貧富の差が著しく、東京には「貧民窟《ひんみんくつ》」といわれる貧困地域が数を増していきました。

明治中期には、その下層社会に対する問題意識と人道的な見地から、優れた主張やルポルタージュが新聞紙上にあらわれています。今日読むことのできる岩波文庫から、一部だけを拾ってみましょう。

桜田文吾「貧天地饑寒窟探検記」、呉文聡《くれあやとし》「東京府下貧民の状況」、「昨今の貧民窟—芝新網町の探査—」（著者不詳）など（中川清編『明治東京下層生活誌』より）。これらは当時の新聞・雑誌に掲載されたものです。やはり岩波文庫で読むことのできる記録文学の名著に、松原岩五郎《まつばらいわごろう》『最暗黒の東京』（明治二六年、民友社）と、横山源之助《よこやまげんのすけ》『日本の下層社会』（明治三二年、教文館）があります。松原は小説家でもあり、変装して貧民街に潜入しており、生々しい観察力、文学的な表現力と真情あふれる筆致で読ませます。

横山は「毎日新聞」の記者として地方でも探訪調査をしており、貧困社会の実態を数字をあげて実証的に分析しています。また、職人社会、手工業の現状、小作人生活事情など、多面的な取り上げ方をしているうえ、「日本の社会運動」では、日清戦争と経済問題を論じ、労働組合期成会の成立を特筆、団結の呼びかけもしています。日清戦争後に高揚する労働運動に対する、〝熱い連帯の書〟といわれるゆえんです。

これら貧困問題への誠実で情熱のこもった執筆活動が、文学への大きな刺激と影響を与えるとともに、明治三〇年代に歩み出す社会主義運動への道すじがつくられていくことになりました。

リアリティと哀感こもる名作「雨」

廣津柳浪は、日清戦争が終結にむかっている一八九五（明治二八）年二月、「変目伝《へめでん》」という作品を「読売新聞」に発表しました。体が小さく、顔に火傷《やけど》の跡のある酒屋の主人が恋をしますが、その風貌のために女性に相手にされないばかりか、恋の仲立ちを装う者に騙《だま》され、金に困って犯罪を犯す話です。心無い差別意識のために悲惨な境涯に陥る人物の心理描写と、転落への筋立てに工夫を凝らした作品です。

続けて翌年にかけて「黒蜥蜴」「亀さん」「今戸心中」「河内屋」など、いずれも貧困と差別、恋情に翻弄される庶民の人生の悲惨をリアルに描いて注目されました。同時に、田岡嶺雲《たおかれいうん》の評論「下流の細民と文士」（明治二八年九月『青年文』）では、人生問題とともに社会問題に心を傾け、下流細民にかわって世に訴えることが主張されました。

それから数年の間を置いて発表された「雨」（明治三五年一〇月『新小説』）が、それらを超えて、リアリティと哀感のこもった、しかも社会性の色濃い作品として、登場したのです。

作品の舞台は、当時、東京の三大貧民窟の一つとして取り上げられることの多い芝新網町《しばしんあみちょう》です。

その一角に引っ越してきて日の浅い若い夫婦のこと。美しい妻の八重《やえ》は、父の死後、母親の乱行のために、一六歳で八王子の茶屋に売られ、「世にも辛い稼業」を三年つとめたうえ、吉《きち》松《まつ》と恋仲になり、互いに働いて前借りを返し、自由の身となって世帯をもったのでした。

それがこのところ一二日もの雨続き。八重と仲良しになった一五、六の娘がやってきます。三畳間に七人家族で暮らすお志米《しめ》は、別れを言いにきたのです。長雨のため、父親は屑《くず》拾いに出られず、母親とお志米はおでんの屋台も引けない。米の値は上がるばかり。幼い弟妹を養うことが出来なくなり、お志米は茶屋に売られていくのでした。

お八重の暮らしも似たようなものです。染物屋で働いている吉松が濡れそぼって帰りますが、着替えもなく羽織るものも、身体を温める炭もありません。しかも八重の母親が三日にあげず金の無心にやってきます。気のいい吉松は親の権を嵩《かさ》にきる母親の強要と誘導に負け、店の客から預かっている着物を売って工面してしまうのでした。

降り続いた雨が止むと、吉松の店から着物の催促にきますが、吉松はどうすることもできません。

作品は、お八重と吉松が手を携えて家を出たきり帰らずとなったところで終わり、二人の行方は読者の想像に任されて閉じられています。

雨が降り続いたことで、娘は売られ、仲睦まじい夫婦は行方知れずとなる貧困社会の悲惨な現実と、そこに生きる人間の辛く心細い人生にじっと目を注いだ作品。人物像とその心理が鮮明に描かれ、雨に難儀する生活感のリアルな描写に、社会の在り方への抗議がこめられました。

互いに思いやり、愛情の通う若夫婦とは対照的な母親のいやらしさが巧みに表現され、当時の「教育勅語《ちょくご》」で強調された親への孝養が、子にとっての不幸の種となっているところに、作者の家父長制度への批判が表されてもいます。

娯楽から「社会小説」へ

この力のこもった名作「雨」にいたる日清戦後文学は、小説を娯楽と考えてきた硯友社の枠を大きく超えて、深刻な社会の現実の反映を強くにじませた小説世界を展開し、「社会小説」という概念を引き出すことになりました。それは、明治三〇年に安部磯雄、片山潜《せん》らが社会主義研究会を結成（後に社会主義協会に改組）し、日本の社会主義運動が緒につく、その動きと呼応するものでもありました。

廣津柳浪は、その後創作意欲の減退と、明治四〇年代の自然主義文学の興隆のなか、筆を執らなくなります。けれども、かわって息子の廣津和郎《ひろつかずお》が大正期以降、小説と翻訳に活躍。戦後は松川事件の裁判闘争に大きな役割を果たし、その娘の廣津桃子も父亡きあとに作家として出発するなど、親子三代の作家家系の足跡が残されています。

（澤田章子）

第一四章　旧習を破る短歌革新の号砲

——正岡子規『歌よみに与ふる書』

正岡《まさおか》子規《しき》（本名・常規《つねのり》、一八六七―一九〇二）は近代の俳句、短歌の革新者、写生文の創始者です。とくに同い年の親友だった夏目金之助（漱石《そうせき》）に創作を勧め、後の文豪の生みの親となったことは有名です。

二〇代の子規がまず取り組んだのは俳句の革新でした。子規の死後、同郷の弟子だった高浜虚子《きょし》、河東碧梧桐《かわひがしへきごとう》らが俳壇を席巻し、子規の生まれ故郷の愛媛県松山市は俳句王国になりました。いまも街のそこかしこに俳句ポストがあり、気軽に投句できます。テレビ「プレバト」で人気の夏井いつきさんも松山の人です。子規の玄孫《やしゃご》弟子にあたります。このように子規の影響は現在にも続いています。

「柿くへば鐘が鳴るなり法隆寺」

有名なこの句が詠まれた一八九五（明治二八）年秋は、子規の人生の大きな転機になりました。

この句に至る子規の生涯をまず見てみましょう（江戸時代最後の年である一八六七年＝慶応三年に生まれた子規は、満年齢と明治の年号が一致します。そこで以下は明治で表記します）。

青年子規の模索――自由民権と日清戦争

子規は若い時には自由民権運動に共鳴し、政治家を志しました。明治二五年、大学を落第して中退し、日本新聞社の記者になりました。社主の陸羯南《くがかつなん》は子規の叔父の友人で、子規自身、陸の国家主義的主張に共鳴していました。欧米諸国と肩を並べる近代国家に日本を育て上げることは、明治の青年知識人に共通の使命感でした。

転機の年・明治二八年の三月、子規は日清《にっしん》戦争に従軍記者として赴きました。

欧米列強のアジア進出の中、日本の独立が危ないという危機感と、戦争の惨禍がまだ知られなかったせいで、日清戦争は社会的に広く賛同を得ていました。キリスト教徒の内村鑑三《うちむらかんぞう》でさえ「日清戦争は吾人《ごじん》にとりては実に義戦なり」と考えていました。内村が「非戦論」を唱えるのは、一〇年後の日露《にちろ》戦争前のことです。

子規は日清戦争から帰国の船上で大喀血《かっけつ》をします。大学時代からの結核が悪化したのです。

子規は東京へ戻る途中、松山の中学教師をしていた漱石の家に五〇日余り滞在しました。漱石が子規の病状を心配して、静養もかねて誘ったのです。松山で二人は一緒に句会を開き、吟行もしました。これは漱石が俳句に取り組むきっかけとなりました。

松山から東京に戻る途中、奈良に立ち寄って詠んだのが「柿くへば」の句です。子規はこの句について「柿などというものは従来詩人にも歌よみにも見離されておるもの」だから、奈良と柿という「新しい配合を見つけ出して非常にうれしかった」と後年書いています。

これは子規の最後の旅行でした。帰京後、結核菌が骨髄を冒す脊椎《せきつい》カリエスになり歩けなくなります。翌明治二九年から亡くなるまでほぼ六年間、病臥《びょうが》生活を送ることになります。

病気のため子規は、政治家にもジャーナリストにもなれなくなりました。そこで、趣味としてきた文学を、自らが「国民的観念の発揮」する場と思い定めます。まずは俳句革新に取り組み、ついで短歌の革新へと進むのです。

革命は〝青年の仕事〟——俳句・短歌の革新

『歌よみに与ふる書』は、明治三一年二月から三月にかけて一〇回にわたって新聞「日本」に発表されました。子規による短歌革新開始の号砲でした。

「仰《おおせ》の如く近来和歌は一向に振い申さず候《そうろう》。正直に申し候えば万葉《まんよう》以来実朝《さねとも》以来一向に振い申さず候」

「貫之《つらゆき》は下手な歌読みにて古今集《こきんしゅう》はくだらぬ集にこれあり候」

こうした旧来の和歌の大胆な否定は、当時の歌壇の人々を逆上させました。かわりに子規が対置したのが万葉集と源実朝《みなもとのさねとも》の歌でした。

その内容に論理や実作不足の弱点はありますが、子規の言葉の切迫した鋭さと革新的な情熱は、平安以来の伝統に安住していた歌人の目を覚まさせるものでした。とくに青年の心をわしづかみにしたことは想像に難くありません。

子規自身が「何事によらず革命または改良という事は必ず新たに世の中に出て来た青年の仕事であって、従来世の中に立って居った所の老人が中途で説を飜《ひるがえ》したために革命または改良が行われたという事は殆《ほとん》どその例がない」（『病牀六尺《びょうしょうろくしゃく》』）と言っています。明治維新の変革も、短歌俳句の革新も、演劇の改良もみな同じだと。

『歌よみに与ふる書』で子規が目指したのは三十一文字の短歌の形式はそのままに、その「精神を入れ替え」ることでした。新しく盛り込むべきは近代精神でした。

リアリズムと平等精神

第一に、俳句で磨《みが》いた「写生」を短歌に取り入れました。それは西洋文学で学んだリアリズムとも通じました。西洋文学を知る中で、俳句や短歌も、従来の狭い作法に縛られるべきでなく、広い芸術の方法を取り入れるべきだという考えにいたったのです。そして観念的で技巧的な王朝和歌でなく、万葉集と実朝の素朴実質な歌にリアリズムに通じるものを子規は見出したのです。

第二に、権威主義を否定し、平等の精神を強調しました。子規は「歌は平等無差別なり。歌の上に老少も貴賤《きせん》もこれなく候」と書きました。

第三に、趣向と用語を拡大しました。当時の和歌は作法にうるさく、「泉」は涼しさを読むための、「橘《たちばな》」は昔をしのぶための題と決まっていました。そうした従来の枠では、新しい現実を詠むことはできないというのが子規の主張でした。例えば俳句では、野球好きだった子規は「夏草やベースボールの人遠し」などの句もつくっています。先に書いたように「柿くへば」の句も、今まで詩歌に詠まれなかった柿を取り上げたところに値打ちがありました。

子規の革新の内容は、短歌だけでなく、俳句革新にも、写生文の提唱にも共通します。『歌よみに与ふる書』は子規の文学革新の思想を最も端的に語っているのです。子規の行った改革は、その後の短歌・俳句・文章の標準となりました。

子規のつくった短歌も見てみましょう。

「くれなゐの二尺伸びたる薔薇の芽の針やはらかに春雨のふる」

写生を唱えた子規らしい歌です。そのうえで、四句目から結句「春雨のふる」への「飛躍が一首に立体感を与えている」（永田和宏）と評されます。「やはらかに」が針と春雨の双方を包んでいます。

「瓶にさす藤の花ぶさみじかければたたみの上にとどかざりけり」

これも有名な歌です。寝たきりの低い視線からの観察そのままです。「とどかざりけり」に病気で大望を阻まれた作者の万感の思いがこもっています。

精神的影響のひろがり

子規は明るく、勉強家で、話が面白く、子規の病床には門弟友人の訪問が絶えませんでした。文章でも子規は、空想を廃して自分の経験を客観的に書く「写生文」を提唱しました。みずからも随筆『墨汁一滴』『病牀六尺』、日記『仰臥漫録《ぎょうがまんろく》』などで写生文を実践しました。明治三三年からは写生文の朗読・批評のために山会《やまかい》を始めました。会の名は「文章に山がなければならない」という子規の言葉からつけられました。

明治三五年九月、子規は亡くなります。「糸瓜《へちま》咲て痰のつまりし仏かな」が絶筆でした。ロンドン留学中だった漱石は、子規の訃報に「筒袖や秋の柩《ひつぎ》にしたがはず」と詠みました。

二年後、漱石は、虚子が引き継いだ山会のために『吾輩《わがはい》は猫である』を書きました。伊藤左《さ》千夫《ちお》『野菊の墓』、長塚節《ながつかたかし》『土』も山会から生まれました。山会は今も毎月一回続けられています。

（北村隆志）

第一五章　貧しい細民に心寄せて

――国木田独歩「春の鳥」「窮死」

国木田独歩《くにきだどっぽ》は短編の名手といわれ、その作品はかつて国語教科書にも載っていました。三十数年前、私が国語教師だったときも、中学二年生の授業では必ず、代表作の「春の鳥」を取り上げました。

独歩は一八七一（明治四）年千葉県生まれです。

独歩の父は播州龍野《ばんしゅうたつの》藩（現兵庫県たつの市）の船役人で、乗っていた藩船が銚子沖で嵐で難破しました。救助されて銚子で休養中に、旅館の手伝いの女性と愛し合い、独歩が生まれました。二人は結婚し、父はその後、山口県の裁判官になりました。

出世と成功を求めたが

独歩は富国強兵と立身出世の時代に、その時代の精神を存分に吸収して育ちました。東京専門学校（現早稲田大学）は中退しましたが、一八九四（明治二七）年に日清《にっしん》戦争が起きると、新聞社の従軍記者として海軍の軍艦に乗り込み、海戦のルポや将兵の日常を書き送りました。その後『愛弟通信』としてまとめられた記事は、弟に向けた私信という形で書かれ、将兵の心も伝えたので、従来にない従軍記として評判を呼びました。

日清戦争に勝って、日本は大陸進出の足掛かりを得るとともに、遼東《りょうとう》半島返還の代償金含め総額約三億六〇〇〇万円の莫大な賠償金（当時の国家予算の四倍超）をかちとりました。その八割以上が軍事費につぎ込まれたのです。その一部で八幡製鉄所をつくったことは、国内の重工業の発展を促しました。

念願だった欧米との不平等条約の改正も大きく前進し（完全実現は一九一一年）、二〇世紀を迎えた時には「西洋の三〇〇年を日本は三〇年で達成した」「日本は今や世界の一等国だ」という声もきかれるほどでした。

しかし、輝かしい戦勝と工業化の裏で、工場の長時間労働や、農村での高い小作料など、労働者・農民には過重な負担がのしかかっていました。都市ではスラム街が目立ち始め、足尾鉱毒事件のような公害も各地で起き始めていました。

独歩はこうしたなか、新聞記者として、あるいは出版社の社長として、社会的成功を求めて奔走しました。その一方、独歩は、急速な近代化から置きざりにされた地方の人びとや貧しい細民《さいみん》に、心を寄せ続けた作家でもありました。

独歩が世俗的野心を抱きつつ、時代に取り残された人々にも優しい目を注いだのはなぜなのか。生来のやさしい性格や、教師生活や北海道開拓、政界進出など様々な望みが、どれもこれも頓挫《とんざ》した苦い経験が影響していました。さらに恋愛における大きな挫折も独歩の目を開いたと思います。

恋愛と結婚の違い

独歩は一八九五（明治二八）年、二四歳の時、良家の箱入り娘だった一七歳の佐々城信子と、激しい恋に落ちました。信子の両親の猛反対を押し切って二人は結婚しましたが、佐々城家からは絶縁され、東京に住むことも許されませんでした。当時の独歩は定職がなく、退屈な郊外の貧乏暮らしに信子は嫌気がさして、半年で家出して実家に戻ってしまいます。離婚した後、信子は独歩の子を産みましたが、独歩は長い間、そのことを知らないままでした。

佐々城信子は美貌と熱情と奔放を兼ね備えた女性で、その後も大恋愛をしています。後に作家の有島武郎は、彼女をモデルに小説『或る女』を書きました。

独歩自身が「失恋は詩人の糧なり」と語ったように、失恋は作家にとって財産です。この経験は独歩に、明るい表面の裏にある、物事の暗部にも目をとめるよう、教訓を与えたのです。

その後、独歩は実直な女性と結婚し、平穏な家庭生活を得ました。二つの結婚を通して得た結婚観を独歩は「夫婦」という短編に書いています。

「昔の恋は詩で、今の夫婦は散文である」。これは、結婚は恋愛の墓場であるという俗説と同じようですが、独歩の考えは違います。詩には詩の、散文には散文の詩想があるように「夫婦には夫婦の情」がある、「それを完全に発達さすのが人の責任だ。又夫婦の面白味もそこにあるだろう」と書きました。

立身出世主義は悪い面ばかりではありません。人は努力すれば自分の運命を切り開くことができるという人生観も含んでいます。明治の精神の、こうした健康的な側面が、独歩にとって夫婦の問題では前向きな力を発揮したといえます。

埋もれた人々への共感

それはさておき、独歩の本領は、時流にのることができず社会に埋もれた人々への共感にあります。

「富岡先生」（一九〇二〔明治三五〕年）は、吉田松陰《しょういん》の友人だった富永有隣《とみながゆうりん》という漢学者がモデルです。独歩は若い時に山口県の父母のもとに帰郷した際、富永翁を訪ねたことがありました。時代に乗り遅れた老人が、ますます頑固に偏屈になっていく姿を、一つの孤独な典型として描いています。

独歩は、この哀れな老人を、同情をもって描きました。小説の最後で、老人の末娘の結婚相手には、出世した教え子たちではなく、優秀なのに家が貧乏だったために田舎の校長をしている好青年が選ばれます。ここには、立身出世ばかりが人生ではないという独歩の反世俗的な気持ちが表れています。

「春の鳥」(一九〇四〔明治三七〕年)は自然と人事が一体となった、一編の詩のような小説です。独歩が若い時に教師として勤めた九州大分県の佐伯が舞台です。

教師をしている「私」は、読書のためによく訪れる城山で、野山を駆け回る一人の自然児と知り合いになります。少年は六蔵《ろくぞう》といい、鳥が好きでした。彼は生まれつき知的障害があり、母親もそうでした。「私」は頼まれて、六蔵に教育を試みますが、うまくいきません。

ところがある日、六蔵は城山の石垣から落ちて死んでしまいます。「私」は「六蔵は鳥のように空を翔《か》け回るつもりで石垣の角から身を躍らした」のではないかと空想します。母親も「ハイ、六は鳥が嗜好《すき》でしたよ」と、六蔵のようにはばたく真似をします。二人が城山に立ってこんな話をしていると、一羽の春の鳥が目の前を飛んでいくのでした。

写実と抒情が見事に融合した作品です。世間的には決して恵まれなかった子と母の、悲しくも美しい姿が心に残ります。

社会意識が芽生えた晩年

こうした傑作を書いた後、独歩は独歩社という出版社をつくって実業に乗り出しますが、一年もしないで倒産してしまいます。過労もたたって結核にかかり、その二年後の一九〇八〔明治四一〕年、独歩は三六歳で亡くなりました。

病気のなかで独歩が書いた晩年の短編は、以前の理想主義や抒情が消え、貧困や自殺という暗い現実を読者に突きつけてきます。倒産と結核のどん底を体験し、独歩の現実を見る目が変わり、社会意識が芽生えてきています。

「窮死《きゅうし》」（一九〇七〔明治四〇〕年）の肺病み文無しの文公《ぶん》は、行く当てもなくなって、土方仲間だった弁公の家を訪ねます。三畳一間に父と二人で住む貧しい家ですが、弁公の父は、「他人事《ひとごと》と思うな」「助けてくれるのはいつも仲間中《うち》だ」と言って、文公を泊めてやります。労働者同士の連帯と思いやりが感じられる場面です。

しかし、翌日、弁公の父は人力車の車夫に言いがかりをつけられ、「土方だって人間だぞ」と言い返したところを、溝に突き落とされ、打ちどころが悪くて死んでしまいます。弁公の家にいられなくなった文公も、翌朝、鉄道自殺の轢死体《れきしたい》となって発見されます。貧困に追い詰められた末の悲惨な結末に慄然《りつぜん》とさせられます。

こうした独歩のヒューマンな社会意識は次の世代に受け継がれました。彫刻家になった次男の佐土哲二はその一人です。戦前のプロレタリア美術運動に参加し、小林多喜二が殺された時は、多喜二のデスマスクをとりました。東京の三鷹駅北口にある独歩碑には、「山林に自由存す」という独歩の言葉とともに、佐土哲二が作った独歩の肖像レリーフがはめこまれています。

（北村隆志）

第一六章　もうひとつの明治精神と非戦論

——内村鑑三『後世への最大遺物』他

夏目漱石《そうせき》『こころ』（一九一四（大正三）年）の「先生」は、明治天皇が死んだ時、「明治の精神」が終わったような気がしたと遺書に書きました。「明治の精神」とは何でしょうか。一言で言えば、「立身出世」と「富国強兵」です。福沢諭吉《ゆきち》『学問のすすめ』が説いた思想です。この精神は「先生」の感慨とは別に、大正・昭和も続き、ある意味では現在も形を変えて残っています。

この明治精神は多くの青年を奮い立たせ、欧米諸国に伍する近代日本建設の原動力になりました。

しかし出世の道から外れた人や、最初から出世に無縁な人はどうなるのか。「富国強兵」が度重なる戦争をもたらすのをどうしたらいいのか。そうした「明治精神」の危険な弱点にいち早く感づき、経済的軍事的成功とは異なる、もうひとつの道を示したのが内村鑑三《うちむらかんぞう》（一八六一—一九三〇）です。

学問と信仰

内村鑑三は群馬県高崎市で武士の子として生まれました。七歳で明治維新を迎え、早くから英語を学び、札幌農学校（現北海道大学）を首席で卒業しました。当時、国立大学は東京大学と札幌農学校しかなく、しかも北海道開拓のための札幌農学校は全額官費で学べる特典がありました。そのため多くの優秀な学生が札幌で学びました。

有名な「少年《ボーイズ》よ、大志を抱け《ビー・アンビシャス》」は、札幌農学校の初代教頭のW・S・クラークの言葉です。一年の任期を終えて帰国する時に、第一期生に贈りました。この第一期生はクラークの人柄に惹《ひ》かれ、一六人全員がキリスト教に入信しました。内村は二期生でしたが、一期生の執拗な勧誘に負けてキリスト教に入信します。二期生二〇人のうち入信したのは一五人でした。このなかには、後に国際連盟事務次長を務めた新渡戸稲造《にとべいなぞう》もいました。内村は最初は入信に抵抗しましたが、入信後は仲間たちと熱心に信仰活動にとりくみます。

政府の開拓使に勤めた後、アメリカに留学しました。拝金主義と人種差別のはびこるアメリカの現実を知るとともに、自己の信仰を確立します。

内村は帰国後、一八九〇（明治二三）年九月に第一高等学校（現在の東大教養学部）の教師になりました。そして翌年一月、明治天皇の自署した教育勅語《ちょくご》への奉拝を拒否しました。有名な不敬事件です。宗教的な礼拝（奉拝）を、自ら信じるキリスト教の神以外には行えない、と考えたからです。

大日本帝国憲法で天皇は「神聖ニシテ冒スベカラズ」とされていました。この天皇神格化を内村は明瞭に否定したのです。内村はこの時から、大勢とは別の、もうひとつの明治精神の道を歩き始めました。

不敬事件で内村は世間の激しい非難を浴び、一高を事実上免職されました。激しい批判のさなか、内村は重い風邪にかかり、一時は意識不明になりました。不幸なことに、内村の回復後、熱心に看病してくれた妻が同じ風邪にかかって死んでしまいます。

不敬事件と妻の死に相次いで見舞われた内村は、傷心のどん底にありました。職もなく生活も貧しいものでした。教師の道を絶たれた内村は、著述で身を立てることを考えます。

最初の著書『基督《キリスト》信徒のなぐさめ』（一八九三年）は、内村の当時の窮状がよくわかります。この中で内村は、最愛の家族の死、同国人の批判、教会との対立、事業の失敗、貧乏、病気の六つの不幸をあげ、これらに対するキリスト教徒の心構えを説いています。これはすべて内村の当時の状況そのものでした。強烈な愛国者であった内村は、アメリカ人宣教師の影響力の排除を主張し、教会とも対立していました。

「高尚なる生涯」こそ最大の遺産

『後世《こうせい》への最大遺物《さいだいいぶつ》』は一八九四（明治二七）年七月に箱根のキリスト教青年会（ＹＭＣＡ）第六回夏期学校で行った講演です。ここで内村は、キリスト教徒であるなしにかかわりなく、人としてこの世に遺せるもので、最も偉大なものは何かを考えています。

内村はまず、この美しい地球に生を受けた以上、生きた証を何も遺さずに死ぬのはあまりに寂しいではないかと言います。天文学者ジョン・ハーシェルの「われわれが死ぬときには、われわれが生まれたときより世の中を少しなりとも善くして往こうではないか」という言葉を引いて、自分たちはこの世を少しでも良くするために何ができるかを考えます。

内村は自分の経験も織り交ぜて、金銭、事業、思想、文学、教育をあげ、次のように語ります。

金儲けは決して卑しいものではない。そのお金で学校、病院、福祉施設などをつくることができる。土木事業もいい。江戸時代に箱根用水を作った兄弟二人のおかげで、荒地が沃土《よくど》にかわり、多くの人が恩恵を受けている。思想や教育も価値がある。

しかし、いずれも才能や学識が必要なもので、誰でもできるものではない。では、それができない人は「無用の人間」として消えるだけなのか。そんなことはない。人は誰でも自分の生涯を遺すことができる。自分の一生を「勇ましい高尚なる生涯」にすることこそ、私たちが遺せる「最大遺物」である。

例えばイギリスの作家カーライルは、何十年もかけた『フランス革命史』の原稿を、家政婦が誤ってストーブで燃やしてしまった。彼は意気消沈したが、そこから再起して一から書き直した。本の内容より彼が書き直した事実の方が尊いのだ。貧乏な中で教会を建てた人、極貧から篤農家《とくのうか》になった二宮金次郎の例もある。「あの人にもできたのだから私にもできないことはない」という考えを与える生き方こそ「高尚なる生涯」である。

家柄もお金も知識も友人もない方がいい、また「邪魔のあるのはもっとも愉快なこと」だと内村は言います。困難が大きければ大きいほど「勇ましい生涯と事業を後世に遺すことができる」からです。「真面目なる生涯を送った人であるといわれるだけのことを、後世の人に遺したいと思います」と結んでいます。

これは立身出世主義とは正反対の思想です。有名人を例に挙げるところに、まだ出世主義の反映が見えますが、この本を愛読した矢内原忠雄（東大総長）や森敦（作家）は、無名の人の生涯を通じて「高尚なる生涯」を語り直しています。

非戦・平和主義への道

内村鑑三は「非戦論」の主張で有名です。しかし、最初から平和主義者だったのではありません。

『後世への最大遺物』の講演を行った翌月、日清戦争《にっしん》が始まりました。このとき内村は日清戦争は清国の圧政から朝鮮を解放するための「義のための戦争」であると考えて支持しました。しかし講和条約を見て、日清戦争が朝鮮の利権を巡る「欲の戦争」に過ぎなかったと知り、戦争支持を深く恥じました。

さらに内村は聖書研究と現実の国際関係の洞察を深め、戦争は絶対的な悪だとする非戦論へ転換しました。日露《にちろ》戦争の前年の一九〇三（明治三六）年には「戦争廃止論」で次のように訴えました。

「余は日露非開戦論者であるばかりでない、戦争絶対的廃止論者である、戦争は人を殺すことである、そうして人を殺すことは大罪悪である、そうして大罪悪を犯して個人も国家も永久に利益をおさめ得ようはずはない」

当時、内村は有力紙だった「万朝報《よろずちょうほう》」の社員でしたが、同紙が非戦論から主戦論に転じると、社会主義者の幸徳秋水《こうとくしゅうすい》、堺利彦《さかいとしひこ》とともに退社しました。

内村はその後も非戦論を貫き、「最も悪しき平和は最も善き戦争よりも善くあります」と書きました。さらに進んで軍備廃止論も主張しました。

「戦争が戦争を止めた例は一つもない、戦争は戦争を生む、戦争を廃《や》めない間は戦争は止まない、世に迷想多しといえども軍備は平和の保障であると言うが如き大なる迷想はない、軍備は平和を保障しない、戦争を保証する」（傍点原文、「世界の平和は如何にして来るか」一九一一（明治四四）年）

こうして内村は明治の「富国強兵」思想へ強烈なアンチテーゼを提示しました。当時は異端だった内村鑑三の平和主義は、戦後の日本国憲法第九条の先駆けとなりました。

（北村隆志）

第一七章　天職をつかんだ青春の苦闘
——内村鑑三『余は如何にして基督信徒となりし乎』

いまから六十数年前、英文学者・中野好夫の『文学の常識』を読んで、青春文学の存在を知りました。文学に名作はたくさんあるけれど、「青春時代に読まなければ、一生そのほんとうの感銘の失われてしまうようなもの」が「青春の文学」であるというのです。

ゲーテ『若きウェルテルの悩み』やシェークスピア『ロミオとジュリエット』、スタンダール『赤と黒』のほか、ヘルマン・ヘッセ、アベ・プレヴォーの作品などが紹介されていました。日本の作家では鷗外、漱石、一葉、啄木、武者小路実篤《むしゃのこうじさねあつ》、倉田百三《ひゃくぞう》などが上がっていました。

紹介されている作品を読んでみて、ヨーロッパの作家たちが描く、近代社会が生まれつつある時代の青年たちの自由に目覚めていく姿を、うらやましく感じたものでした。日本の場合は、国民（青年）の精神が封建的なしくみと貧しさからぬけだせないでいることを感じました。

内村鑑三《うちむらかんぞう》（一八六一—一九三〇）が「何ゆえに〈青年に切実な〉文学が生まれないか」とのべたことがありますが、社会の発展段階のちがいが原因の一つだったと思われます。

鑑三は一八七七（明治一〇）年、一六歳でキリスト教に入信します。そして、おとなになって社会に出たとき、自己をどう活かすか、自分の役割を果たすべき場所を見出せるか、おおいに悩みました。

前章では内村鑑三の若い日の悩みについてほとんど触れられませんでした。とくにキリスト教入信とアメリカ留学は、内村の生涯に決定的な意味を持ちました。この二つの体験を自らつづったのが『余《よ》は如何《いか》にして基督信徒《キリストしんと》となりし乎《か》』（一八九五〈明治二八〉年）です。

二三歳、単身でアメリカ留学へ

作家であり辛辣《しんらつ》な批評家でもあった正宗白鳥《まさむねはくちょう》（一八七九—一九六二）は『余は如何にして……』を読んで、「あのころの文筆業者で、いかに生くべきかに思いを注いだ者は内村のほかに無かった」とのべたことがありました。

『余は如何にして……』一二章で「この新しい（キリスト教）信仰によって、多くの神々、八百万《やおよろず》の神はいないことを教えられた。キリスト教的一神教が私のすべての迷信を断ち切った。この新しい精神的自由は、心身に健全な影響をもたらした」と書いています。

「余は自ら身を潔《きよう》して神の子になろうと欲した。当時の理想は慈善家となることであった。私はこの目的を抱いて理想の国、米国に行った」

米国は鑑三に次つぎと醜い仕打ちによって幻滅を味わわせます。旅の同行者がスリにあい、荷物を持ってくれた親切なひとからチップを要求され、なけなしのおかねを割いて買った雨傘を盗まれ……。キリスト教の国に愛の精神はなく、金銭の万能が蔓延《まんえん》していました。

キリスト教信徒とはいえ、遠い「野蛮国」日本からやってきた青年には、おいそれと職場がありません。ペンシルベニア精神障害児院の看護人の職があったくらいでした。そこで、三〇人の患者の起居から教育までを「修行」と思って担当しました。

八か月を経過したとき、新島襄《にいじまじょう》と再会します。新島は同志社大学創立の準備でアメリカに来ていたのです。そこで鑑三は「我れなにをなすべきか、途方にくれている」とうったえたのでした。理想の慈善家になるために何をしたらいいか、なすべきなにも決まっていなかったのです。その後、新島のすすめで鑑三は、マサチューセッツ州のアマースト大学に入学します。

シーリー総長と会う

「みすぼらしく古い服をまとい、銀貨七ドルがポケットにあるに過ぎない余の前に、大学総長シーリーが現れた。見よ、その柔和さを！　大きながっしりした恰幅《かっぷく》。強いあたたかな握手。歓迎と同情の物静かな言葉——余は特別の平安を感じた。その時から余の基督教はあたらしい方向をとったのである」

シーリー総長は言います。アマースト大学はカレッジであってユニバーシティではない。人格の啓発、教養と訓練が本来の目的である。さらに「アマースト大学には知識を教授する学者ではなく、人格教育、人間教育ができる〝師〟がそろっていることを誇りとしている」と述べたのでした。

　そういう教育を内村鑑三は受けたのでした。ゲーテ『ファウスト』を読むためにドイツ語の学習から始めて、ついにドイツ語教師と二人で、原語で完読したり、儒教について、徹底的討論を通じて学んだり、……こうした教育、学習の結果、鑑三は「余の天職を日本の中に見出しうる」という希望をつかみます。

　鑑三の見出したのは「二つのJ」でした。「日本（Japan）」と「イエス（Jesus）・キリスト」の二つのために生きる道です。鑑三は後年「イエスと日本、私の信仰は一つの中心をもつ円ではない、それは二つの中心をもつ楕円である」（「Two J's」一九二六年）と書いています。これこそが、留学でみつけようとした天職であり、留学のクライマックス、結論でした。結論が出たらあとは恩師、友人たちと別れを告げ、一日も早く日本に帰ることでした。

帰国、両親のもとへ

　このとき、渡航費をのぞいて残されたのはわずか七〇銭。両親を喜ばす卒業証書の一枚もなく、ただ心の奥深く信仰上の高い信念をもって、「余は夜遅く我が家についた。丘の上に杉の垣にかこまれた小家屋が立っていた。門を開けながら叫んだ。『お母さん、あなたの息子が帰って来ました』。眼前に苦労と忍耐とに痩せた美しい女性と雄々しい男性、父とが立っていた」。

　本書刊行後の一八九七（明治三〇）年、内村鑑三は足尾鉱毒問題解決期成同志会の一員となり、栃木県下の鉱毒被害地、渡良瀬川《わたらせ》一帯を視察。また、幸徳秋水《こうとくしゅうすい》、堺枯川《さかいこせん》（利彦）、安部磯雄《あべいそお》らの社会主義者と社会改良を目指す「理想団」を組織。「万朝報《よろずちょうほう》」の記者・ジャーナリストとして健筆をふるいます。

聖書研究に打ち込み全国各地でキリスト教講演会を開き、読書会を行う。無教会主義を貫く。日英同盟に反対し、日露《にちろ》戦争では非戦論の論陣を張る。幸徳秋水の著書『二十世紀之怪物 帝国主義』に序文を寄せる。

このころ、長与善郎《ながよよしろう》、小山内薫《おさないかおる》、志賀直哉《なおや》、有島武郎《たけお》など、多くの文士や青年が内村の門をたたきました。これに前田多門、森戸辰男、矢内原忠雄、経済学者の大塚久雄らも加わります。

そもそもこの『余は如何にして基督信徒となりし乎』は米国の友人たちのために英文で書かれ、日本語訳は内村没後五年の昭和一〇年に初めて刊行されました。それまで、ドイツ語、フランス語、スウェーデン語、デンマーク語、フィンランド語など各国で翻訳されてヨーロッパでは有名な本でした。

日本のため、イエス・キリストのためという、内村鑑三が求めた天職を生きぬいた生涯でした。

ジェンダー平等のさきがけ

『余は如何にして……』の一章で、われわれの祖母、母や妻、姉妹たちはキリスト教の婦人観に比しても劣るものではない、またその行為と性格の高きに達している事実は、それらの婦人（女性）に対し「感嘆の念」をいだくとのべました。当時にはまれな日本女性讃歌です。

しかし現実はどうか。「一夫多妻制は東洋に入ってきたことはなかったが、それと同じことの蓄妾《ちくしょう》の風はもっとも温和な非難、批判をこうむったにすぎない。義務と高い志についての教育のなかに、将来の豪華な閨房《けいぼう》を引き合いに出して勉学、勤勉を奨励するような言葉もあった……醒《さ》めて天下の権を握る者が酔って美人の膝に枕することもできる」

鑑三が、社会的な純潔問題の前進を思う時、日本の「精神的な暗黒」、古い道徳、迷信を痛感しました。このように内村鑑三が、キリスト教に入信する前に女性観はすすんでいました。

その著作は全集で四〇巻にもなる膨大《ぼうだい》なものです。そのなかの本書は青春文学の名作のひとつとして、多くの人に読んでいただきたい一冊です。（引用は適宜読みやすく直しました）

（木村　孝）

第一八章　日露戦争下の文学論争
――与謝野晶子「君死にたまふこと勿れ」

『みだれ髪』の歌人

与謝野晶子《よさのあきこ》といえばまず『みだれ髪』です。一九〇一（明治三四）年に刊行され、日本文学の浪漫《ロマン》主義時代を代表する歌集として知られてきました。どのような歌が詠まれていたのか、その一部をみてみましょう。

臙脂色《えんじいろ》は誰にかたらむ血のゆらぎ春のおもひのさかりの命

古典文学には恋を表現する色として紫や紅が用いられてきましたが、ここではさらに濃い臙脂色で、成熟した若さを抑えきれないほどの恋にあこがれる思いが、生命力そのものとして歌われています。

やは肌のあつき血汐《ちしお》にふれも見でさびしからずや道を説く君

生真面目に世の道徳を説く男性に対して、女性の肉体と精神の躍動を誇らかに示しています。

みだれ髪を京の島田にかへし朝ふしてゐませの君ゆりおこす

「みだれ髪」は、男女の交わりを想像させる言葉です。未婚の女性のおしゃれである京風の島田髷《しまだまげ》に結い上げた姿を、恋人を揺り起こしてでも見せたい女心が、ほのかな官能性を匂わせて詠まれています。

歌集『みだれ髪』には、全三九九首を通して、恋する女性の思いが奔放に歌いあげられ、性愛をも大胆に表現されました。宮中のお歌所で歌われていた古風で平板な歌が主流であった時代です。封建的な既成概念や旧道徳を打破するような、自由で斬新な歌の数々に注目が集まりました。

これらは、一九〇〇（明治三三）年四月に与謝野鉄幹《てっかん》が起こした新詩社の機関誌『明星《みょうじょう》』に発表されました。鉄幹は、天皇制のもとでの半封建的な道徳観念にとらわれた旧派を否定し、近代的な自我の感情を浪漫的に歌う短歌の革新を志していました。

晶子と鉄幹と『明星』

晶子は一八七八（明治一一）年に大阪府堺市の老舗《しにせ》の和菓子店に誕生しました。父は鳳《ほう》宗七、母はその後妻で、先妻との間の姉二人があり、兄と弟、妹、そして気丈な祖母という家族のなかに成長しました。子どもの頃から学問好きで、本の蒐集家《しゅうしゅうか》でもあった父の蔵書の古典文学を読み漁《あさ》り、堺女学校を卒業後も、店番の傍ら『源氏物語』などの古典や島崎藤村《とうそん》、森鷗外《おうがい》、樋口一葉《いちよう》などを愛読していました。

一〇代の終わり頃には堺の短歌会に参加し、さらに大阪の文学青年グループの同人雑誌にも加わって、新体詩を発表しています。同人のなかに、与謝野鉄幹の友人の河野鉄南がおり、『明星』の創刊を知るとすぐさま一緒に入会したのでした。

そして、創刊の年の八月に、鉄幹が関西に講演のために訪れた際、鉄南とともに鉄幹の宿泊する宿を訪問したのをきっかけに、晶子は鉄幹に恋心を抱くことになりました。晶子二二歳、鉄幹二七歳の年です。

翌年の六月、晶子は親の反対を押し切って上京、豊多摩郡渋谷村の鉄幹宅に入り、新詩社の歌会にも初めて出席します。鉄幹には、別居していたものの内縁の妻と子がありましたから、晶子、鉄幹ともに情熱を傾けた恋の内には、複雑な事情と苦悩がありましたが、八月には東京新詩社から『みだれ髪』を発行、一〇月には、結婚式を挙げました。

鉄幹への恋を赤裸々に歌った歌集はたちまち反響を巻き起こし、賛否両論の批評にさらされましたが、多くの青年の心をとらえ、『明星』には、石川啄木《たくぼく》、木下杢太郎《もくたろう》、高村光太郎、平出修《ひらいでしゅう》、北原白秋《はくしゅう》など、優れた個性をもつ人々が集まりました。

「君死にたまふこと勿れ」論争

鉄幹とともに暮らし、『明星』の文学運動の柱ともなった晶子は、経済的負担をも背負うことになりますが、結婚から約一年後に長男を出産、以後一九一九（大正八）年までに一二人の子どもをもうけています。夫を愛し、子どもを慈しみつつ、短歌はもちろん、詩、小説、評論、随筆、そして古典の評釈と、多彩な執筆活動を展開しています。

一九〇四（明治三七）年九月の『明星』に発表された詩「君死にたまふこと勿《なか》れ」（勿れは後年仮名書きに）は、発表当時、論争を巻き起こしたことで、文学史上に特筆されるものとなりました。

この年の二月に、日露《にちろ》戦争が起こされました。晶子は、〔旅順口包囲軍の中に在る弟を歎《なげ》きて〕というサブタイトルをつけて、戦地にいる弟・籌《ちゅうさぶろう》三郎を思い、その無事を祈る詩を発表したのでした。五連からなる詩ですが、その第一連。

あゝをとうよ君を泣く　君死にたまふことなかれ　末に生れし君なれば　親のなさけはまさりしも　親は刃《やいば》をにぎらせて　人を殺せとをしへしや　人を殺して死ねよとて　二十四までをそだてしや

晶子の実家は、長男の秀太郎が東大に進み、工学研究者となったため、弟の籌三郎が店を継いでいました。しかも前年には父が逝去し、彼は結婚したばかり。若くして老舗の大黒柱となった弟の出征に、晶子は痛切な思いを詩にしたのでした。

これに対し、詩人で評論家の大町桂月《おおまちけいげつ》が『太陽』一〇月号の「雑評録」で批判をしました。「戦争を非とするもの、夙《つと》に社会主義を唱ふるもの、連中ありしが、今又之《またこれ》を韻文に言ひあらはしたるものあり」「教育勅語、さては宣戦詔勅を非議す」と非難し、「世を害するは、実にかゝる思想也」と、国家主義をふりかざしての攻撃を露《あら》わにしました。

「まことの心うたはぬ歌に、何のねうちか」

これに対し、晶子は一一月の『明星』に「ひらきぶみ」と題して手紙の形で反駁《はんばく》します。「桂月様大相《たいそう》危険なる思想と仰せられ候《そうら》へど、当節のやうに死ねよ〳〵と申し候こと、又なにごとにも忠君愛国などの文字や、畏《おそれ》おほき教育御勅語などを引きて論ずることの流行は、この方却《かえっ》て危険と申すものに候《そうら》はずや」と、堂々と反論し、さらにこう書きます。

「歌は歌に候。歌よみならひ候からには、私どうぞ後の人に笑はれぬ、まことの心を歌ひおきたく候。まことの心うたはぬ歌に、何のねうちか候べき」

この言葉こそ、晶子が『みだれ髪』以来一貫してその信条としてきた、詩の本質を語る真骨頂というべきものです。相手も詩人です。この、歌人（詩人）としての真っ当なすがすがしい反論を理解すべきですが、桂月は『太陽』の翌年一月号の「文芸時評」に「詩歌の骨髄」と題する長文の反論を出しました。彼は第三連をふたたび引用します。

君死にたまふことなかれ　すめらみこと（天皇）は戦ひに　おほみづからは出でまさね
かたみに人の血を流し　獣《けもの》の道に死ねよとは　死ぬるを人のほまれとは　大みこゝろの深
ければ　もとよりいかで思《おぼ》されむ

これをとりあげた桂月、「これ啻《ただ》に（単に）詩歌の本領を失へるのみならず、日本国民として、許すべからざる悪口也、毒舌也、不敬也、危険也」と断定し、最後には「晶子の詩を検すれば、乱臣なり、賊子なり、国家の刑罰を加ふべき罪人なりと絶叫せざるを得ざるもの也」と脅迫的言辞で結びました。

この論争は、桂月の「刑罰」を心配した鉄幹が、新詩社の同人で弁護士の平出修とともに桂月を訪ねて直談判《じかだんぱん》し、ことを納めたと言われています。

時代を超える芸術の力

晶子の詩は、意識的に反戦を掲げたものではありませんし、天皇批判を意図したわけでもありません。しかし、「少女と申す者誰も戦争《いくさ》ぎらひに候」と書く率直さで、愛する者の命を守ろうとする近代的な自己主張が、多くの人々の共感を呼び、今日にも反戦平和の願いを込めて歌われていることを考えますと、心の真実を語る芸術の力が、時代を超えて生き続けることに改めて感動を覚えるのです。

晶子はその後、女性解放運動に参加、一九一八年のシベリア出兵に対して抗議を表明するなど、革新的な活動を続けましたが、日中戦争以後の軍国主義のうねりのなかでは、反戦の立場に立つことなく、戦時中の一九四二（昭和一七）年五月に六三歳で命を閉じました。

（澤田章子）

第一九章　下級兵士の日露戦争
——田山花袋「一兵卒」

〈渠《かれ》は歩き出した。
銃が重い、背嚢《はいのう》が重い、脚《あし》が重い、アルミニューム製の金椀《かなわん》が腰の剣に当ってカタカタと鳴る。その音が興奮した神経を夥《おびただ》しく刺戟《しげき》するので、幾度かそれを直して見たが、どうしても鳴る、カタカタと鳴る。もう厭《いや》になってしまった。〉
田山花袋《たやまかたい》（一八七二—一九三〇）の短編小説「一兵卒」（一九〇八〔明治四一〕年）の冒頭の文章です。

脚気を患い、満州をさまよう

舞台は旧満州の広大な戦地。主人公は日露《にちろ》戦争に徴兵された下級兵士。脚気《かっけ》を病んで二〇日間も兵站《へいたん》病院に入院していたのですが、出てきてしまいました。病院とはいえ、ロシア軍が捨てて逃げた汚い洋館。八畳ほどの板敷きに一五人もの病兵や負傷兵が詰め込まれ、「衰頽《おとろえ》と不潔と叫喚《うめき》と重苦しい空気と、それに凄《すさま》じい蠅《はえ》の群集」。そのおぞましい環境にいたたまれなかったのです。

原隊のいる鞍山站《あんざんたん》まで、何百人もの清の苦力《クーリー》に押させて進む汽車に乗せてもらおうと懇願しましたが、「歩兵が車に乗るという法があるか」と、下士官から怒鳴られます。下級の「兵」に対する蔑視に、心中には怒りがこみあげます。戦場では、三里もの闇のなかを雨後の泥濘《ぬかるみ》を全身に浴びながら、動かない砲車を押し続け、あげくに敵と味方の砲弾が頭上を飛びかい、小銃弾の音が耳をかすめる恐怖。親しかった戦友は弾丸《たま》に当たって死んでしまいました。

草むらの虫の音《ね》を耳にし、郷里の母親や若い妻の顔を思い起こし、東京で遊んだ記憶が蘇《よみがえ》ると、「軍隊生活の束縛ほど残酷なものはない」と思います。出発の時「この身は国に捧げ、君に捧げて遺憾がない」と雄々しく誓ったものの、死の不安と身の置き方にゆきづまり、「戦場は大《おお》いなる牢獄である」と、おいおいと声をあげて泣き出すのでした。

熱と悪寒《おかん》、体のだるさに耐えながら、二日間、一〇里の道を辿《たど》ってきたところで、脚気衝心《しょうしん》に襲われます。兵站地の酒保のある建物の奥に身を横たえますが、ひどい疼痛《とうつう》にうめき声をあげながら、嘔吐した汚物にまみれてのたうちまわり、悲惨のうちに命を落としたのでした。

軍隊では脚気を病む兵士の数が夥《おびただ》しく、日露戦争では戦死者が八万人強だったのに対し、脚気の患者が二五万人強もいたといいます。

脚気は軍にとっての大問題でしたが、明治時代にはその原因がビタミンの欠乏にあるということが解明されていませんでした。「一兵卒」は、それをひとつの材料として、下級兵士にとっての戦争の実態と、死の不安や恐怖に襲われる内面をリアルに描いて、「戦争と人間」の真実の姿に迫りました。

日露戦争と田山花袋

日露戦争は、日清《にっしん》戦争の一〇年後、一九〇四（明治三七）年二月から翌年九月にわたり、帝政ロシアを相手に、清の遼東《りょうとう》半島を奪いかえし、朝鮮の権益を渡すまいとして起こされました。朝鮮の支配を争っての日清戦争に勝利した日本ですが、講和条約後、ロシア・フランス・ドイツによる「三国干渉」により遼東半島を還付させられ、以来「臥薪嘗胆《がしんしょうたん》」を国民に求めて軍備を増強してきました（一二章参照）。

日清戦争を契機とした産業や貿易の発展の一方では、格差の拡大による国民生活の矛盾も深刻化し、社会問題への関心が言論界に広がりました。日清戦後文学には、立場の弱い庶民の生活に目を向けたルポルタージュや優れた小説が生まれています（一三章参照）。

労働運動も組織され、一九〇一年には、日本で最初の社会主義政党である社会民主党が結成。治安警察法によってただちに解散させられたものの、幸徳秋水《こうとくしゅうすい》、堺利彦《さかいとしひこ》らは『平民新聞』を創刊、非戦論を訴えて活動しました。

しかし、ロシアが満州から撤退せず、朝鮮北部に軍事施設をつくるという報道から、国内には一気に開戦論が高まり、戦争に突入したのです。

田山花袋（本名・録弥《ろくや》）は、一八七二年（当時は旧暦のため明治四年）、群馬県の館林《たてばやし》町に生まれました。父はもと館林藩士でしたが、明治維新後は上京して邏卒《らそつ》（巡査）となり、花袋五歳の年に西南戦争で戦死しました。そのため小学校を中退して薬種屋や東京の書店に丁稚《でっち》奉公《ぼうこう》をしました。その後館林で漢詩文や英語を学んで西欧文学を旺盛に読み、一九歳で尾崎紅葉《こうよう》に入門、硯友社《けんゆうしゃ》（文学の結社）の一員として創作するとともに、翻訳や翻案作品を多く手がけています。

私設写真班として従軍

一八九九（明治三二）年、二七歳で結婚を機に出版社の博文館に入り、一九一二（大正元）年まで、編集の仕事に携わりながら創作に励んでいます。

一九〇四年三月、博文館が『日露戦争写真画報』を創刊することになり、花袋は私設写真班として従軍しました。森鷗外《おうがい》が軍医として従軍した第二軍の船に乗り込み、五月五日に遼東半島の大連近くに上陸、まず金州、南山の戦争に立ち会います。金州では悪天候のなかの交戦、続けての南山戦では、疲れきった兵の銃剣突撃の繰り返しで四五〇〇人もの死傷者を出す厳しい戦いでした。

南山を攻略した第二軍は、大連とハルビンを結ぶ東清鉄道の支線に沿って、ロシア軍の本拠地・遼陽に向かって陣地を攻めながら北上します。その模様を「観戦記」として社に送っている花袋でしたが、八月半ばに発熱、腸チフスの疑いで海城の兵站病院に入院。九月二〇日には帰京し、翌年一月には『第二軍従征日記』を博文館から出版しています。

花袋の病気は腸チフスでも脚気でもありませんでした。また、反戦文学を意図したのでもなかったのですが、戦争に立ちあい、兵站病院を体験したことで、一兵士の思いをリアルに描き、反戦性の強い作品が生まれたのでした。

自然主義文学と「蒲団」

日露戦争後の日本文学の大きな特徴は、自然主義文学の高揚期の訪れです。自然主義という言葉の由来は、エミール・ゾラをはじめとするフランスの自然主義文学からきており、そもそもは自然科学の考え方から、人間の遺伝や環境の問題を文学作品のうえで実験的に試みようとするものでした。ゾラの作品は、下層庶民の生活実態をリアルに描き、日本の作家たちに強い刺激を与えました。早くから西欧文学の影響を受けていた花袋は、遊戯的、作為的な硯友社文学から離れて、写実主義の新しい文学創造を模索していました。

日露戦争に従軍する前年には、「露骨なる描写」という評論を発表し、硯友社に代表される明治二〇年代の技巧的な文章や理想主義などを「鍍《めっき》文学」として批判し、「何事をも隠さない大胆な露骨な描写」を主張しました。

そうして日露戦争から帰った花袋の取り組んだ作品が「蒲団《ふとん》」（一九〇七〔明治四〇〕年）で

した。前年には友人である島崎藤村《とうそん》が長編『破戒《はかい》』を発表し、ヨーロッパ自然主義の命脈を伝える作として高い評価を受けただけに、発奮して向き合った作でした。作者本人と目される妻子ある作家が、女性の弟子に抱く内心の愛欲を赤裸々に描いたものです。世間的体面を失いかねないテーマでしたが、「世間に対して戦うと共に自己に対しても勇敢に戦おうと思った」（『東京の三十年』）という覚悟の示された作品は、文壇にセンセーションを巻き起こしました。

その反響のなかに出されたのが「一兵卒」でした。「蒲団」も「一兵卒」も、「露骨なる描写」の主張を実作で示したものとして評価を得ました。しかし、文学史のうえでは、藤村の『破戒』と「蒲団」とが、ともにジャン・ジャック・ルソーの『懺悔録《ざんげろく》』の影響のうかがえる告白体のつくりとなっていることもあり、日本の自然主義文学の本格的出発を示す代表作として並び称され、その後の自然主義文学の流れを「私小説」の方向に導く結果となりました。

未解放部落出身の青年の内面を描いた『破戒』が、今日にも差別の問題をつきつけてくるように、「一兵卒」もまた、現代に「人間の生存に対する権利」を切実に訴えかける反戦的なリアリズム文学として読み継がれたい作品です。

（澤田章子）

第二〇章　厳しい差別の中の苦悩と成長
――島崎藤村『破戒』

島崎藤村《しまざきとうそん》（本名・春樹）は、一八七二（明治五）年に生まれ一九四三（昭和一八）年に没するまで、文学一筋に、日本の近代文学の歴史そのものを歩んだといってよい作家です。

はじめ抒情詩人として名をあげましたが、一九〇六（明治三九）年に『破戒《はかい》』を発表して、作家の地位を確立しました。

以後、自己のありのままの青春を書いた『春』（明治四一年）、日本の封建制のなかの家をえがいた『家』（明治四三年）、姪との苦しい恋愛体験を告白した『新生』（大正七年）などの自伝的な作品をつぎつぎ発表し、さいごの大作『夜明け前』（昭和四～一〇年）では、明治維新（一八六八〔明治元〕年）以後の社会的変動の中の人間の運命を描きました。

想像力によって描いた出世作

藤村文学のなかで『破戒』はある特徴を持っています。作家の想像力によって事物を描き出そうという試みはこの一作で終わり、それ以後の作品は自伝的で、告白文学になったということとです。しかし『家』は藤村の傑作であるとともに、日本の自然主義文学のなかの名作です。『夜明け前』は明治維新以後の社会と人間の変化、運命を描いた叙事詩として、多くの読者をもつ作品です。

『破戒』発表の翌年に、田山花袋《かたい》（一八七二―一九三〇）は「蒲団《ふとん》」を発表し空前の反響をよびおこしました。「蒲団」は中年作家の女弟子への恋情を大胆な告白、暴露によって描き、それ以後の文学は告白による事実の再現という自然主義文学に突き進むことになります（一九章参照）。

藤村もこれに巻き込まれました。

ヨーロッパでも家、家族を描いた作品は少なくありません。しかし家族を構成する個人は独立し、独立した個人が小説の中心をつくっています。ドアを開けば個人は社会とつながっているのです。

丑松の苦悩

明治末の日本はどうだったか。『破戒』は、家の内側の個人はもがき、苦しみ、社会はかえって個人を束縛している。そこで、藤村は丑松《うしまつ》という青年を創造したのでした。

『破戒』の主人公、丑松の父親は「穢多《えた》の子の秘密、身の素性をうちあけたら、おまえは社会から捨てられたものと思え」との戒めをくり返し、教えます。

丑松は、父親の言いつけを守って、自分の素性をひた隠しに隠して教壇に立っています。しかし、そういう生き方に丑松は疑いをもち始め、同時に、学校の教師の中で丑松の出生の秘密が知れ渡っていきます。

ここはじつは、『破戒』のいちばん面白いところです。

成長する丑松

丑松は穢多の中からうまれた思想家、猪子蓮太郎《いのこれんたろう》の本を愛読しています。蓮太郎は貧民、労働者、新平民の生活状態を研究し、社会の底流を流れる清水を掘りあてようとつとめるばかりでなく、それを読者の前に提出して、わかりやすく右からも左からも説き明かして読者のお腹の中に収まるように書いています。

丑松は感動し、「同じ人間でありながら、自分らばかり軽蔑される道理はない」、というはげしい意気込みをもつようになります。学校の中の校長一派と教員の多数は、丑松が猪子の本を愛読していることを知っていて、うさん臭く、関係も疎遠なものになっています。学校をのっ取ろうとしているのではないか、そんなうわさ話が広がります。

「見たまえ、あの容貌を、皮膚といい骨格といい別にそんな賤民《せんみん》らしいところがあるとも思われない」「いや、容貌ほど人をだますものはない、そんなら性質は」「性質だってそんな判断は下せない」「ははははは」「(かれが)疑い深いからと言ってそれが穢多の証拠にはならないね」

……。

しかし、決定的な時を迎えます。代議士の候補者から出た話として、丑松の素性がもたらされたのです。

ここで注目したいのは、あたらしい思想（考え方）はつねに厳しい暮らしをおしつけられている人の中からわきおこるということ、またそれを押しとどめようとする側には、その思想に反対する何らかの根拠はなく、たんなる嫌悪、反感、差別、拒否に過ぎないという事実です。これは、保守ではなく反動を意味しています。ここに、作家・島崎藤村の自己を取り巻く世界に対する態度が現れていると思います。小説、文学のリアリティとは作家と世界のかかわり方の深さであります。

丑松は教室の子どもたちの前で、頭をさげ、素性を隠してきたことを謝罪し、教壇を去ります。そののち、自由の地のアメリカに渡る、というのが『破戒』の結末です。長野県の飯山などを舞台にした小説ですが、そこに描かれた差別は事実であり、部落出身の教師に対する社会の迫害がどんなにきびしかったかわかります。

厳しい差別、江戸時代の身分制社会

江戸時代に士農工商の身分制のもとに「穢多《えた》」「非人《ひにん》」の不当な身分が固定され、居住地も固定され、その部落に住む人びとは人間扱いされず特定の職業につき、ひどい差別をうけてきました。明治四年の「解放令」によって、これらの人たちは平民同様となりましたが、「新平民」などと俗称され部落差別はなくなりませんでした。戦後、主権在民、法の下での平等、基本的人権を認めた憲法のもと、民主主義の発展を求める運動や国民の民主的意識も前進して、部落問題は歴史的な流れとしては、解消にむかいつつあると言われています。

そうではあるにしても、ここで、幕末の差別の一、二を紹介しておきます。伊予（愛媛県）大洲《おおず》藩では、「穢多」の村の人が道を歩くときは五寸四分（一寸は約三センチ）平方の毛皮を胸の前に下げ、家の前にも毛皮を下げるようにという扱いでした。信州（長野県）の松代《まつしろ》藩では、「穢多」「非人」が百姓に紛れないように、晴れ・雨天にかかわらず裾《すそ》をはしおり、雨天のときのみ菅笠《すげがさ》を用い、女は髪を草束《くさたばね》とすると命じていました。和歌山藩（同県）では村外に行くときは、ほおかぶりを禁じ土足で歩くことを命じました。長州藩（山口県）では市場への出入りや店内に立ち入らないこと、土佐藩（高知県）では百姓たちが部落の住人に農地を売ることを禁じ、部落の人は市中では道の片隅を歩くことを命じられていました。日々のくらしへのこのような介入は、経済的な搾取、無権利な身分であったことを想像するに十分です。

賤民視を一掃したヨーロッパ

ヨーロッパでも中世は身分社会でしたから、賤民視された人たちがいたことは知られています。ドイツ中世史の研究家・阿部謹也《きんや》（一九三五―二〇〇六）は、死刑執行人、刑吏、墓掘人、浴場主、鍛冶屋、外科医・理髪師、布織工、皮はぎ、皮のなめし工、レンガ工、煙突掃除人、吟遊詩人、トルコ人、ユダヤ人などなど賤民視されていた数十の職業をあげていました。

ドイツ人の苗字のシュミットは鍛冶屋、ウェーバーは織物工の意味です。アングストマン（死刑執行人）は今でもわずかに苗字として使われているそうです。賤民視そのものは一九世紀以来、社会から一掃されているとのことです。

わが国ではまだまだです。結婚や就職のときに、いまだに差別意識が残っていることに直面します。ある座談会のなかで丸山眞男《まさお》が「日本はまだ明治維新の渦中にあると言ってもいいすぎではない」と発言し、木下順二が「同感だ。文明開化が続いていると言ってもいい」と応じていました。

島崎藤村も実はそこは十分に気が付いていました。

丑松の苦悩と成長を読んだ読者は、丑松の誕生は偶然ではなく、第二、第三の丑松が全国で生まれてくると想像し、感動するでしょう。

藤村は、社会の用語につねに「よのなか」のふりがなをふっています。このよのなかと社会とどこが共通でどこが違っているか、ぜひ考えてみてほしいと思います。

（木村　孝）

第二二章　近代農民文学の最高傑作
――長塚節『土』

明治の日本の最大勢力は農民でした。明治三〇（一八九七）年頃の統計で、農林業は就業人口の七割、純国内生産の四割を占める、日本の筆頭産業でした。

ところが、明治文学に農民はほとんど出てきません。農民の生活に対して、作家・知識人はまったくといっていいほど無関心だったのです（農政官僚だった柳田国男の仕事はその反省から生まれたといえます。三一章参照）。

長塚節《ながつかたかし》（一八七九―一九一五）の長編小説『土《つち》』は、明治文学のこの欠落を埋める貴重な作品です。さらに近代農民文学の最高傑作です。茨城県の鬼怒川《きぬがわ》流域に住む貧農一家のくらしを、目に浮かぶようにリアルに描きました。

帝都のほど遠からぬ農村に

『土』は一九一〇（明治四三）年六月から一一月まで朝日新聞に連載されました。当時、無名だった長塚を推薦したのは夏目漱石《そうせき》でした。当初、三〇～四〇回の約束が、どんどん延びて一五〇回を超える長編になりました。『土』の前に連載した漱石の『門』が一〇四回でしたから異例の長さです。事件らしい事件もない新人の小説の長期連載に、社内からかなりの批判が上がったそうです。漱石は修善寺《しゅぜんじ》療養中で不在でしたが、朝日新聞主筆の池辺三山《いけべさんざん》が「あれはしっかりしたものだ。構わず続けろ」と後押ししたおかげで、打ち切りにならずにすみました。

『土』が出版される時、漱石は序文を寄せて、これは長塚節以外の「だれにも書けそうにない」小説だと、次のようにたたえました。

『『土』の中に出て来る人物は、最も貧しい百姓である。教育もなければ品格もなければ、ただ土の上に生み付けられて、土とともに生長した蛆《うじ》同様に憐《あわ》れな百姓の生活である。（中略）ある者はなぜ長塚君はこんな読みづらいものを書いたのだと疑うかも知れない。そんな人に対して余はただ一言、こんな生活をしている人間が、我々と同時代に、しかも帝都を去るほど遠からぬ田舎《いなか》に住んでいるという悲惨な事実を、ひしと一度は胸の底に抱き締めてみたら、きみたちのこれから先の人生観の上に、またきみたちの日常の行動の上に、何かの参考として利益を与えはしまいかと聞きたい」

さすが漱石はこの作品の値打ちを良くつかんでいました。

長塚節は一八七九（明治一二）年に下総国《しもうさのくに》岡田郡国生村《こっしょう》（現茨城県常総市）に生まれました。長塚家は祖父の代から農業とともに質屋高利貸、肥料、雑貨、呉服なども商った豪農でした。父の代には三〇町歩の田畑と、四〇町歩の山林を持つ地主に成長していました（一町歩は約一ヘクタール)。

節は幼少時から記憶力がよく、水戸中学に首席で入学しましたが、中学四年で神経衰弱になって退学しました。いまでいえば、うつ病でしょうか。

家業を手伝いながら、短歌を詠み、正岡子規《しき》に師事して、アララギ派の有力歌人となります。子規の「写生」を正統に受け継ぐ歌風でした。子規のもとで写生文も学び、小説を書くようになります。雑誌に発表した長塚節の短編に、漱石が目をとめたのが、『土』連載のきっかけとなりました。

農民を苦しめた小作料と肥料代

『土』は、西風の強い冬の日、行商から帰った「お品《しな》」が、病気で寝込むところから始まります。夫の勘次《かんじ》は利根川の工事の出稼ぎから急いで戻って看病します。しかし病状はどんどん悪化し、医者が来て破傷風だとわかったときはもう手遅れでした。

なぜ破傷風になったのか。実は、この前にお品は妊娠していました。すでに子どもは二人あり、苦しい生活でこれ以上は育てられないと、自分で中絶したのです。そのときに挿入したホオズキの根がもとで破傷風になったのです。

違法で危険な我流の堕胎がもとで命を落とすというショッキングな話です。しかもお品は死に際に、おろした胎児を一緒に棺桶に入れてくれと勘次に頼みます。勘次はこっそり願いを叶えてやります。

遺されたのは数えで一六歳のおつぎと、歩き始めたばかりの与吉でした。勘次は、おつぎになれない農作業と子守を同時にさせながら、自分も田おこしや田植えのためくたくたになるまで働きます。

しかし「勘次の田畑は晩秋の収穫はみじめなものであった」。なぜなら貧しくて肥料が買えず、日雇い仕事に出るために、農事の適期をいつも逃してしまうからです。しかも貧乏な百姓にとって「その作物が俵《たわら》になればすでに大部分は彼らの所有ではない」のです。地主に小作料を払うからです。

小説にはありませんが、当時の国生村の小作料は収穫の約七割でした。新潟の大地主には八五％の小作料を課した例もありました。農民を苦しめた第一が高率の小作料、第二が肥料を買う金でした。汗水流して働いても、収穫のほとんどが小作料に奪われ、さらに肥料を買うための借金が窮状に追い打ちをかけていました。

これほど高率の小作料でも生活できたのは、出稼ぎ労働による収入のおかげでした。明治の産業革命による資本主義の発展は、出稼ぎによる働き口を提供することで、半封建的な寄生地主制を側面から支えていたのです。また寄生地主制は貧しい小作農を、安い労働力として提供することで、資本主義の急速な成長を支えていました。作者がどこまで意識したかは別にして、そうした関係が勘次の生活と労働にもきちんと現れています。

貧乏で卑屈にゆがんだ人間

リアルな農民の姿とはどういうものか。長塚節は、卑屈で小心で、欲張りでこずるい勘次の姿を、カメラで観察するように丹念に描きました。

勘次は地主の土地の開墾を請け負ったついでに、約束を破って、掘り起こしたクヌギの根っこを盗みます。それが近所のうわさになって、巡査に薪《たきぎ》を見つけられると、すっかり恐慌をきたして、大慌てで盗んだ根をおつぎに捨てさせました。

村では畑泥棒も日常茶飯事。村人が互いにちょいちょい盗みあっても黙認しています。でも勘次は立派なとうもろこしを盗んだために、持ち主の男が怒って、巡査に訴え出ておおごとになります。この時も勘次は恐怖で身がすくんでしまって、何もできません。隣家の地主の内儀《かみ》さんにとりなしてもらって、ようやく助かったのでした。

勘次の狷介固陋《けんかいころう》ぶりは徹底しています。おつぎが二〇歳になっても家に縛り付け、娘の将来は何も考えません。死んだお品の父親が高齢で同居するようになると、穀潰《ごくつぶ》し扱いして嫌がらせばかりします。

地主や巡査にはひたすら小さくなって頭を下げ、一方、自分より弱い相手には横柄《おうへい》に辛《つら》くあたるのが勘次の卑しさです。これは生まれつきではなく、貧乏が悲しく歪めてしまった人間の姿だということがよくわかります。

長塚節は実際によく知る村の貧農一家をモデルに『土』を描きました。最後の火事以外、書かれたことはすべて本当のことだと語っています。勘次を助ける地主の妻は、長塚節の母がモデルです。

この優しい内儀さんのように、作者も同情の念を持って描いています。作者自身は地主で、貧農の小作人とは全く違う立場なのに、卑屈さも含めてよくこれだけ貧農の心情になりきれるものだと、そのエンパシー（他者理解力）は驚くほどです。

しかし作者は、貧農の生活を変える道を探ろうとはしていません。最後に少し、寝込んだ義父への優しさを勘次に示させているだけです。

『土』の先をさらに一歩進めたのが、例えば宮本百合子です（三〇章参照）。

『土』発表の六年後、一七歳の百合子は『貧しき人々の群《むれ》』で、貧しい小作農たちを描きました。それはやはり卑屈で汚らしい惨めな人々でした。主人公の地主の娘は彼らを「愛せない」と悩みながら、いつか「彼らのために何かしてやらなければならない」と固い決意を記しています。

『土』の現状描写から、変革の道を探るプロレタリア文学へ。農民文学の発展がここにあります。

（北村隆志）

第二二章　大逆事件を暗示する寓話
——森鷗外「沈黙の塔」

〈高い塔が夕《ゆうべ》の空に聳《そび》えている。

塔の上に集まっている鴉《からす》が、立ちそうにしては又止まる。そして啼《な》き騒いでいる。

鴉の群を離れて、鴉の振舞《ふるまい》を憎んでいるのかと思われるように、鷗《かもめ》が二三羽、きれぎれの啼声《なきごえ》をして、塔に近くなったり遠くなったりして飛んでいる。

疲れたような馬が車を重げに挽《ひ》いて、塔の下に来る。何物かが車から卸《おろ》されて、塔の内に運び入れられる〉

森鷗外《もりおうがい》（一八六二―一九二二）が一九一〇（明治四三）年一一月『三田文学』に発表した短編小説「沈黙《ちんもく》の塔《とう》」の冒頭です。風葬をイメージした塔の内に次々に運ばれているのは、殺された死骸で、それは「パアシイ族」が殺しあったものだとあります。

インド半島に実在する種族になぞらえた寓話《ぐうわ》仕立ての始まりですが、殺されたのは「危険な書物」を読む者で、書物とは自然主義と社会主義の本だと、現実味を帯びた展開になってきます。しかも、「椰子《やし》の殻に爆薬を詰めたのが二つ三つあったそうです」「革命党ですね」となると、発表当時の大事件、大逆事件《たいぎゃく》（幸徳《こうとく》事件ともいわれます）を思い起こさないではいられません。

大逆事件とは

大逆事件は、「沈黙の塔」発表の半年前に、天皇制に疑問を抱いていた信州（長野県）明科《あかしな》の労働者が爆発物製造の容疑で逮捕されたのをきっかけに起こされた大弾圧事件です。明治天皇の暗殺を企てたとして、全国で数百人の社会主義者や無政府主義者が検挙されたうえ、日本の社会主義運動の先駆者である幸徳秋水《こうとくしゅうすい》など二六人が起訴されました。裁判は一二月に大審院特別法廷で非公開に行なわれ、証人喚問もないまま、翌一九一一（明治四四）年一月一八日には二四人に死刑判決（内一二人は翌日特赦による無期懲役に）、二人が有期懲役となりました。しかも、わずか六日後の二四日に幸徳ら一一人が、その翌日に管野《かんの》スガが死刑執行となったのです。

明確な謀議や実行計画もなく、爆弾が製造されたという出来事を利用して、旧刑法第七三条の、天皇や皇室に危害を加える「大逆罪」が着せられたのです。日露《にちろ》戦争後から長引く不況や社会矛盾のなか、社会主義運動の発展を恐れた国家権力による捏造《ねつぞう》と暗黒裁判は、当時の人々の心を凍りつかせました。

幸徳秋水の逮捕を知って「時代閉塞の現状」を書いた石川啄木《たくぼく》は、日記に「日本はダメだ」

と思ったと書きました。夫婦して涙した作家の徳冨蘆花《とくとみろか》は、日を置かず旧制第一高等学校の生徒に『謀叛《むほん》論』の講演をしています。

博士号の授与を頑《かたく》なに拒否した夏目漱石《そうせき》など、今では多くの文学者、文化人の悲憤の思いが伝えられていますが、弾圧によって思想と言論の自由を封殺された日本社会は、「冬の時代」となりました。

「危険なる洋書」と芸術論

大逆事件の裁判に先回りするかのように書かれた「沈黙の塔」は、実は言論、研究、出版の自由に関する論述を中心に展開されています。

「パアシイ族」のなかに起こった新しい文芸である自然主義の小説について話が移り、その批評をしたうえで、「安寧《あんねい》秩序を紊《みだ》る（乱す）」「風俗を壊乱《かいらん》する」として出版が禁止されてきたことを指摘します。そこへ「革命者の運動」が起こり、「椰子の殻の爆裂弾を持ち廻る人達」のなかに無政府主義者が交じっていたために、社会主義、共産主義、無政府主義に縁がありまたありそうな出版物が「安寧秩序を紊る」として禁止されることになったというのです。禁止の範囲は次第に広がり、小説ばかりか、脚本、詩、論文、翻訳までも禁止されるようになり、「文芸の世界は疑懼《ぎく》の世界となった」と。

さらに「パアシイ族」のあるものが「危険なる洋書」という言葉を言いはじめ、それを読むものを殺しているというのです。安寧秩序を乱し、風俗を壊乱する思想を伝えたのが「危険なる洋書」だというのです。その洋書とは、マルクスの『資本論』をはじめ、トルストイ、ドストエフスキー、ゴーリキー、イプセンなど、今日にも名作として愛読されている作家と作品が挙げられています。

そして、この作品の圧巻である、芸術論が展開されます。「芸術の認める価値は因襲を破る処にある。因襲の圏内にうろついている作は凡作である。因襲の目で芸術を見れば、あらゆる芸術が危険に見える」というのです。しかも学問についても同じだと強調されています。「学問も因襲を破って進んで行く。一国の一時代の風尚《ふうしょう》（好み）に肘《ひじ》を掣《せい》せられていては、学問は死ぬる」と。さらに「新しい道を歩いて行く人の背後には、必ず反動者の群がいて隙を窺《うかが》って」おり、ある時に迫害を加えるというのです。この言葉は、当時の大逆事件を指すとともに、世紀を超えた今日の政治と学問についても、痛烈な意味をもって響いてくるではありませんか。

作品の最後は「マラバア・ヒルの沈黙の塔の上で、鴉のうたげが酣《たけなわ》である」と、結ばれています。

言論弾圧と、風葬のイメージを借りた殺害問題とが結びつけられたところに、時代のおぞましい現実をつきつけた小説となっているのです。

読み終わって、冒頭の部分に再び注意を向けてみます。「鴉の振舞を憎んでいるのかと思われる」鷗が、「近くなったり遠くなったりして飛んでいる」とは、何を表わしているでしょうか。

ここに、鷗外の内面と立場が暗示されていると考えられるのです。

国家権力と鷗外

一八六二（文久二）年に石見国《いわみのくに》（現島根県）津和野《つわの》藩の典医の家の跡取り息子として生まれた鷗外（本名・林太郎《りんたろう》）は、幼少から勉学に励み、医学とともに語学や文芸にも秀でていましたが、明治維新後の家族の期待を背負い、立身出世の道として陸軍に入り、文学者との二つの道を歩んでいました。

軍医として最高の地位である陸軍軍医総監となったのは、日露戦争から還って二年後の一九〇七（明治四〇）年のことです。歌詠みでもある鷗外は、学生時代からの親友である賀古鶴所《かこつるど》とともに、元老・山県有朋《やまがたありとも》を中心とする歌会「常磐会《ときわ》」を立ちあげており、山県のブレーンのひとりとしての位置にありました。和漢洋の学問や事跡に精通している鷗外は、政治面でも有用な存在でした。現に、山県に社会主義について講義したことや、山県の依頼で共産党についての翻訳をしていたという証言もあります。

一方で作家としては雑誌『スバル』の創刊にかかわり、慶応大学文学科の顧問に就任するなどし、作品の発表も盛んです。ところが、一九〇九年七月の『スバル』に発表した「キタ・セクスアリス」が風俗壊乱で告発され、雑誌が発売禁止を受けたうえ、陸軍次官から戒告を受けています。軍医総監ではあっても、官僚機構のなかでは軋轢《あつれき》もありました。

その翌年、幸徳秋水逮捕後の秋には、「東京朝日新聞」に「危険なる洋書」という連載が行われました。風俗や秩序壊乱の思想的影響を与えたとする海外の作品や日本の作家の作品をいっしょくたにあげつらうもので、最終回には「幸徳一派の愛読書」としてクロポトキンが挙げられています。その六回目には、「春機発動小説と紹介者」として、鷗外と妻のしげの作品も告発されています。「沈黙の塔」は、こうした事実の上に執筆されているのでした。

大逆事件は、山県有朋の、社会主義者の根絶をはかるという意志とその強権に支配された国家的犯罪でした。山県のブレーンとしてその全容を把握していたに違いない鷗外ですが、事件の弁護人のひとりで『スバル』の発行人でもあった平出修《ひらいでしゅう》に対しても、社会主義思想や無政府主義について講義をし、被告を感激させるほどの弁護を助けてもいます。

高級官僚としての鷗外の立場は複雑なものであり、葛藤をかかえていたに違いありません。しかし、その良心の黙《もだ》しがたい思いが、告発のこもる「沈黙の塔」という作品となったのでした。

（澤田章子）

第二三章　政府に対する勇気ある発言

――徳冨蘆花『謀叛論』

大逆事件と社会主義運動

一九一〇（明治四三）年五～六月、明治天皇の暗殺をくわだてたという理由で、社会主義者、無政府主義者が全国で五〇〇人ちかく検挙されました。翌年一月に社会主義者の幸徳秋水《こうとくしゅうすい》（一八七一―一九一一）ら一二人が処刑されました。これが大逆《たいぎゃく》事件です（二二章参照）。

この事件は社会に大きな暗い影を落とし、社会主義運動は、一九一八（大正七）年の米騒動まで「冬の時代」をむかえなければなりませんでした。

すこし歴史の事実をみます。

明治三九年二月、日本平民党、日本社会党が合同して「日本社会党」を結成しました。三月、東京市電値上げ反対市民集会が開かれ、反対デモには一六〇〇人余が参加しました。

四〇年六月二五日、片山潜《せん》らが日本社会平民党を結成（翌日、結社禁止）。一一月三日、アメリカのサンフランシスコの日本領事館の玄関に、天皇暗殺のビラが貼られる事件がおきました。

四一年六月、原敬《はらたかし》、山県有朋《やまがたありとも》つづいて、天皇に社会主義者の取り締まりの状況を報告。

明治政府は社会主義運動を、自由民権運動とは質的にちがうことに恐れをいだき、これの「一網打尽」「根絶」をねらっていたのでした。

「なんと無残の政府かな」

この思想弾圧事件は、当時の文学者に衝撃を与えました。徳冨蘆花《とくとみろか》（一八六八―一九二七）、森鷗外《おうがい》、永井荷風《かふう》、石川啄木《たくぼく》、与謝野鉄幹《よさのてっかん》、平出修《ひらいでしゅう》、正宗白鳥《まさむねはくちょう》、秋田雨雀《うじゃく》、佐藤春夫などの文学者は、講演や作品でとりあげ、エッセイや日記で意思表示をしました。そのなかで、政府を正面から批判するという道徳的勇気を示したのは、『不如帰《ほととぎす》』『自然と人生』などでひろく知られた国民的作家の徳冨蘆花でした。蘆花は夏目漱石《そうせき》の一つ年下、一八六八（明治元）年生まれ。年齢は明治の年数とほぼ一致します。

蘆花は、秋水の死刑に、非常なショックを受けました。蘆花の愛子夫人の日記をひいてみます。

「一月二五日　晴　水

……午後三時ころ新聞来る。（蘆花が）オーイもう殺しちまったよ。みんな死んだよ、と叫ぶのに、驚き怪しみ書斎にかけ入れば、（一一人を）すでに昨二四日の午前八時より死刑執行！

何たる急ぎようぞ。……『朝日』報ずる臨終の模様など、わが夫、声をのみつつ、読みたまえば、（それを）聞くわが胸もさけんばかり。無念の涙とどめあえず。わが夫、もう泣くな泣くなと、とどめたまえど、その御自身も泣きたまえり。
……午前八時より午後三時まで、何と無残の政府かな。体うちふるえて静かに死につく犠牲の心持ち、身にしみしみとこたえて、いかにもかなしく、やるせなし」

処刑の一週間後の二月一日、旧制第一高等学校で、蘆花はやくも大逆事件をとりあげ、約一〇〇〇人の一高生に『謀叛論《むほんろん》』の講演をします。講演の記録は警察が押収、いま読めるのは文庫本で一六ページの講演草稿です。大逆事件の全貌の報道が規制され、身の危険を感じさせる社会状況のなかでの勇気ある行動でした。では、『謀叛論』を見てみましょう。

社会発展を見る蘆花

「明治の初年日本の人々が皆感激の高調に上って、解脱《げだつ》又解脱、狂気のごとく自己をなげうったごとく、我々の世界もいつか王者その冠を投出し、富豪その金庫を投出し……一切の差別を忘れて、青天白日の下に抱擁握手抃舞《べんぶ》（手をうってよろこぶ）する刹那《せつな》は来ぬであろうか——その時節は必ず来る。……人類のあらん限り新局面は開けてやまぬものである」

「諸君、僕は幸徳君らと多少立場を異にするものである。……かれらは有為《ゆうい》の志士である。自由平等の新天地を夢み、身をささげて人類のために尽くさんとする志士である。……彼らはもと社会主義者であった。富の分配の不平等に社会の欠陥を見て、生産機関（生産手段）の公有を主張した。社会主義が何が恐い？　世界のどこにでもある。しかるに狭量神経質の政府は、ひどく気にさえ出して、ことに社会主義者が日露戦争に非戦論を唱うると、にわかに圧迫を強くし、……官権と社会主義者はとうとう犬猿の間となってしまった」

「死の判決で国民をおどして、一二名の恩赦でちょっと機嫌を取って、余りの一二名はほとんど不意打ちの死刑――否《いな》、死刑ではない、暗殺――暗殺である」

「諸君、幸徳君らは時の政府に謀叛人とみなされて殺された。諸君、謀叛を恐れてはならぬ。謀叛人を恐れてはならぬ。自ら謀叛人となるを恐れてはならぬ。新しいものは常に謀叛である。……肉体の死は何でもない。恐るべきは霊魂の死である。……一切の自立自信、自化自発を失う時、すなわちこれ霊魂の死である。我らは生きねばならぬ。生きるために謀叛しなければならぬ。……我らは苦痛を忍んで解脱せねばならぬ。繰り返していう、諸君、我々は生きねばならぬ、生きるために常に謀叛しなければならぬ、自己に対して、また周囲に対して」

人生の勝者と敗者と

これが講演に現れた蘆花の思想です。解脱とは束縛から離脱して自由になること、謀叛とは国家にそむくことですから。だいじなことは、かれの思想が『謀叛論』の講演で突然、生まれたわけではないということです。以前の作品の蘆花と謀叛論の蘆花とどう結びつくか、二つの文章をみることにします。

①「汽車の雑感」（明治三五年）から。

（当時の汽車には一等から三等までありました）

「二等の面相はたいてい自己の意識、自己の拡張するの欲望を語る。聡明あり。悪徳もまた従って伴う。親率《しんそつ》と同情とは三等に住す。

三等に乗る人の多くは、理性ある人よりも、本能によりて動く大いなる小児なり。往々獣性を暴露す。しかも彼等は自ら苦しむがゆえに、他に同情すること多し。荷物を降ろして席をあたうるは多く彼等に見受くるなり」

二等の乗客は上層階層の人びと、三等の乗客は下層の人びとで圧倒的な多数の勤労者だったことは、容易によみとれると思います。

②「断崖」（明治三三年、『自然と人生』）から。

かつては竹馬の友、いま「彼」は人生の成功者、「吾《われ》」は失敗者である。二人はある漁村に通じる絶壁の道を歩いている。彼の顔には得意と軽蔑の表情があらわれ、吾には対立がうまれていた。瞬間、「アッ」という叫び声とともに彼は足を滑らせ、かろうじて草の根をつかんで宙づりになった。吾は助けるべきか否か。吾は次の瞬間救いの手をさしのべ、彼を助けて相抱く。

「（勝者である彼は）ひしと吾が手をにぎりつ。その手をひき離して、吾はとどろく胸を押さえて立ち、またふるえる吾が手をじっと眺めぬ。救い上げられしは、彼か。吾にあらざるか。翌日、吾は独りその絶壁の道に立ちて、上天に向いて、吾が救われしことを感謝してありき」

蘆花の社会観

蘆花は上層と下層の人びととの人間類型の違いを示し、多数の下層の人びとの開化が歴史の発展だということをつかんだと思われ、また勝者と敗者という社会観を克服したことがよみとれます。蘆花の若き日に形成された思想が、『謀叛論』にいきづいていると言えるでしょう。

「生きるために常に謀叛しなければならぬ。自己に対して、また周囲に対して」。

こうして行きつく社会はどんな社会か。それは、社会主義ではもちろんなく、市民社会であることが想定されます。こうしたことから、現代に生きるわたしたちにとって蘆花は、意外に近いところにいる存在なのかもしれません。


（木村　孝）

第二四章　ロマンと革命の国民歌人
――石川啄木『一握の砂』他

歌人のなかで、石川啄木《たくぼく》ほど、多くの人に親しまれている歌人はいないでしょう。ふるさとを懐かしんだ歌や、生活感情を素直にうたった次のような歌は、大変親しみやすいものです。

はたらけど
はたらけど猶《なほ》わが生活《くらし》楽にならざり
ぢつと手を見る

啄木の生涯はわずか二六年の短いものでした。しかし「石川啄木は晩年十年の間に、思想的に一世紀の飛躍を遂げた」と盛岡中学の一級先輩だった作家・野村胡堂《こどう》（「銭形平次」の作者）が驚嘆したように、空想的でロマンチックな詩人から、社会主義的な革命詩人へと成長しました。その飛躍は、家族を抱えた貧窮生活の悪戦苦闘のなかでつかみとったものでした。

啄木は一八八六（明治一九）年に、岩手県盛岡市郊外の日戸《ひのと》村（現盛岡市日戸）で生まれ、貧しい寺の住職だった父の転任のため、一歳の時に渋民《しぶたみ》村（現盛岡市渋民）に移りました。後の流浪生活のなかで啄木がつねに恋しがったふるさとは渋民です。

啄木が三歳の年に明治憲法が制定され、八歳の時に日清《にっしん》戦争が起きました。一九歳の時には日露《にちろ》戦争で勝利をおさめました。啄木が世に出たのは、こうして日本が絶対主義的天皇制を確立し、アジアの軍事大国として対外侵略へ乗り出した時期でした。

国家体制が確立した中で、それまで以上に学歴が大きな意味をもつようになります。ところが、啄木は旧制盛岡中学を卒業半年前に中退してしまいました。原因は文学と恋愛でした。欠席を続けて成績は急降下し、カンニング事件を二度も起こしたのです。啄木が学業に身が入らなくなった背景には、高校（現在の大学一、二年にあたる）進学が望めなかった貧しい家の事情があったといわれます。豊かな才能がありながら、学歴の欠如のために、啄木は自分の力を生かせる安定した職に就くことができませんでした。それが啄木を生涯苦しめることになります。

その後、学歴の壁をいやというほど思い知った啄木は、二四歳の時に、金がなければ進学できない制度を次のように批判しています。

「すべての青年の権利たる教育がその一部分――富裕なる父兄をもった一部分だけの特権となり、さらにそれが無法なる試験制度のためにさらにまた約三分の一だけに限られている」「中途半端の教育はその人の一生を中途半端にする。彼らは実にその生涯の勤勉努力をもってしてもなおかつ三十円以上の月給を取ることが許されないのである」（評論「時代閉塞の現状」）

ほかにも啄木の小説「雲は天才である」では、刑務所の元看守に「監獄が悪人の巣だと考えるのは、大いに間違っている」と、次のように言わせています。

「世の中でうまい酒を飲んでる奴らは、金とか地位とか皆それぞれに武器を持っているが、それを、その武器だけを持たなかったばかりに戦《いくさ》がまけて、立派な男が柿色の衣（囚人服）を着る」

監獄にいるのは、経済力や地位のない社会的弱者です。「悪い奴ほどよく眠る」と言われるように、金や地位のある強者は罪をとがめられることはないという批判です。今の社会にも思い当たることがあるのではないでしょうか。

少し先走りしました。啄木の生涯に戻りましょう。

中学退学後、啄木は文学で身を立てようと志しますがうまくいきません。一九歳で最初の詩集『あこがれ』を出して天才詩人と騒がれますが、収入には結び付きません。その間に、中学時代からの恋人の節子と結婚して長女が生まれる一方、父が宗費滞納で寺の住職を罷免されてしまいます。父母と妻子の生活が二〇歳の啄木の肩にいっぺんにのしかかってきたのです。

啄木は生活のため、渋民村の小学校の代用教員を一年間勤めます。その次は北海道を転々として、函館、札幌、小樽、釧路それぞれの小さな地域新聞の記者を、合わせて一年間勤めます。どの仕事も最初は意気高いのですが、すぐに雑用やくだらない付き合いに嫌気がさして辞めてしまいます。ここは啄木の生活力と忍耐力のなさの表れです。

一九〇八（明治四一）年四月、二二歳でやっぱり小説家になることを決意して、家族を函館の友人に預けて一人で上京します。しかし書いた原稿はほとんど売れません。家族を東京に迎えるための金がないどころか、借金ばかりが膨らみます。印税を当てにしていた出版社から原稿を返されて「つら当てに死んでくれようか！」と日記に書くほどでした。

不遇の苛立ちと寂しさを歌に

このころまでの啄木は、自負心（うぬぼれ）ばかりが強い世間知らずの文学青年でした。友人からも「君は才に走りて真率の風を欠く」といわれるほど〝上から目線〟でした。しかし進退窮まるどん底に落ち込んだことで、自己と社会の真実が見えてきたのです。失意と貧困こそ啄木文学の母でした。

東海の小島の磯の白砂に
われ泣きぬれて
蟹《かに》とたはむる

歌集『一握《いちあく》の砂《すな》』の冒頭のこの歌は、函館の大森海岸のことをうたったと言われます。しかし、啄木は「東海の君子国」などの言い方もしたように、「東海の小島」とは日本ともとれます。ちっぽけな島国の海岸で、他にすることもなく蟹と遊ぶ自分の姿を、啄木は寂しく自嘲しているのです。「泣きぬれて」は、冷たい自嘲を隠すための誇張したポーズです。一見感傷的に見える歌の底に、世界的な広い視野と厳しい自己認識が秘められています。

啄木は評論「弓町から」で、次のように書きました。

「私は小説を書きたかった。否、書くつもりであった。また実際書いてもみた。そうしてついに書けなかった。その時、ちょうど夫婦げんかをして妻に敗けた夫が、理由もなく子供を叱ったりいじめたりするような一種の快感を、私は勝手きままに短歌という一つの詩形を虐使することに発見した」

ここに啄木の短歌の秘密が明かされています。あふれるほどの才能を持ちながら、それを社会的に有効に使う機会も場所もない苛立《いらだ》ちと寂しさを、啄木は短歌にぶつけたのです。また短歌に歌うことで自らを慰めたのです。啄木は「歌は私の悲しい玩具である」(「歌のいろいろ」)とも書きました。

やはらかに柳あをめる
北上《きたかみ》の岸辺目に見ゆ
泣けとごとくに

甘やかな望郷の歌の数々にも、同じ心理的屈折が込められています。「田舎にはロマンチックが残ってます。(中略)僕は苦しくなってたまらなくなるといつでも田舎に逃げ出すんです」と、啄木の小説「鳥影」で、東京の画家は語ります。この言葉は啄木自身の気持ちでした。

大逆事件で社会主義へ飛躍

啄木にさらなる転機をもたらしたのが一九一〇(明治四三)年の大逆《たいぎゃく》事件でした。無政府主義者たちが天皇暗殺をたくらんだとして、幸徳秋水《こうとくしゅうすい》ら一二人を死刑にした、でっち上げによる弾圧事件です（二二章参照）。

この時、啄木は朝日新聞の校正係をしていましたし、文学仲間の平出修《ひらいでしゅう》が大逆事件の被告の弁護士でした。そうしたルートで得た情報で、啄木は大逆事件の真相を知ることができました。

そして啄木は無政府主義と社会主義の勉強を真剣に行うようになります。当時翻訳されていた『共産党宣言』と『空想から科学へ』を読み、さらに「大阪平民新聞」連載の、山川均《ひとし》の『資本論』第一巻の内容解説をノートに書き写しました。

ついに啄木は「僕は一新聞社のやとい人として生活しつつ将来の社会革命のために思考し準備している男である」「僕は長い間自分を社会主義者と呼ぶことを躊躇《ちゅうちょ》していたが、今ではもう躊躇しない」と書くようになります（書簡一九一一年一月九日）。

こう書いた翌年、明治最後の一九一二（明治四五）年四月一三日、啄木は結核で息を引き取りました。最後に、病床で詠んだなかから一首。

友も、妻も、かなしと思ふらし――
病《や》みても猶《なほ》
革命のこと口に絶たねば

（北村隆志）

第二五章　明治の偉業　口語文と社会主義
――幸徳秋水『帝国主義』他

いまから一五〇年以上前、徳川時代の末に行なった開国と明治政府の成立、資本主義経済の育成、日清《にっしん》・日露《にちろ》戦争と、明治時代は激変の連続でした。

当時の三四〇〇万の日本人は、個々人の意識・精神生活の上でも、激しい変化のなかにあったはずです。昔はつまらない野蛮な時代だった、ヨーロッパから学んで、一日も早くおいつこう、と。

「日本ほど借金をこしらえて、貧乏ぶるいをしている国はありゃしない。……西洋の圧迫を受けている国民は、頭に余裕がないから、ろくな仕事はできない。……日本国中どこを見渡したって、輝いてる断面は一寸四方もないじゃないか」（夏目漱石『それから』）。

そういう時勢でしたが、現在のわれわれが恩恵をうけている明治の二つの偉業もありました。言文一致の口語文を創造しひろめたこと、もう一つは社会変革の考え、社会主義です。

口語文の発明

幕末から明治にかけては、文章といえば漢文でした。漢文は大昔から普及していた印象があるかもしれません。

一七九〇年、徳川幕府の寛政改革の一つとして、「異学の禁」のお触れが出ました。儒学解釈の正統は朱子学であり、それ以外は禁じたのです。

それ以来、各藩で、士族や知識階級に漢文が読まれるようになりました。

儒学の教育は修身にはじまり、治国平天下（一国を治めてさらに天下を安んずる）へ連なり、士族・知識階級に統治への意識をはぐくみました。漢文の教養が、士族・知識階級たちに天下を治める意識をもたせたのでした。

明治になって、漢文でない文章を和文といっていました。まだ、口語文（話しことば）という用語はなかったのです。

明治初め、言文一致の運動がおきました。話すことばと文字に記すことばが二通りあるのを不合理とし、両者を一致させようとして「ござる」「である」「ます」などの文体を試みました。

明治二〇年ごろ、作家の二葉亭四迷《ふたばていしめい》や山田美妙《びみょう》、尾崎紅葉《こうよう》たちが言文一致を試み始めました。二葉亭が「浮雲」を書くとき、坪内逍遥《しょうよう》は、落語家、三遊亭円朝《えんちょう》の人情噺《ばなし》の速記を読むようにすすめたのは有名です。いまも岩波書店や筑摩書房の文庫で読むことができますが、りっぱな作品です。式亭三馬《しきていさんば》（「浮世床」「浮世風呂」）、為永春水《ためながしゅんすい》（「梅暦」）なども当時の町人たちの日常生活、会話がありのままの姿で描かれ、さかんに読まれました。しかし、文章の会話の部分は話しことばでしたが、地の部分は文語体でした。

二葉亭は、この地の部分も口語に直したのです。苦心をしたと思います。問題の核心はヨーロッパの人たちが思想や感情を表現するように、日本語で表現することでした。それは、合理的な思考や思索を読む人に伝える文章ということです。福沢諭吉《ゆきち》も強調していました。しかし、日本はそこがあいまいです。ヨーロッパの社会と日本の社会とはちがうからです。

島崎藤村《とうそん》は晩年、「言文一致の（文章の）創設と発達が明治文学の根本的な課題だった」とのべています。言文一致運動は、下火になったことがありましたが、正岡子規《しき》らが写生文に言文一致を採用したことなどによって、明治末には基礎が固まりました。森鷗外《おうがい》は漢文と欧文の表現の特徴をおりまぜ、口語体の散文を完成したと言われています。

人びとが生きいきと行動し、自由な思索を表現できる口語体の文章は、その後のゆたかな可能性をもたらしました。

「帝国主義」と幸徳秋水の思想

本書の明治の終わりに幸徳秋水《こうとくしゅうすい》（一八七一—一九一一）『帝国主義』（一九〇一〔明治三四〕年）をとりあげるのは、筆者なりにこだわりはあります。それはいろいろな思想的な立場があるなかで、社会を変革するということを、幸徳秋水が明確に主張したところにあります。秋水はそのことによって明治政府に最も嫌われました。何度も獄につながれ、結社禁止と出版禁止にあい、東京から退去せざるを得ないこともありました。

「盛《さかん》なるかないわゆる帝国主義の流行や、勢い燎原《りょうげん》の火の如く然《しか》り。世界万邦皆なその膝下に承伏し、これを賛美し、崇拝し奉持せざるなし。（中略）而して我日本に至っても、日清戦役の大捷《たいしょう》以来、上下これにむかって熱狂する、悍馬《かんば》の軛《くびき》を脱するが如し」

「我は信ず、社会の進歩はその基礎必ずや真正科学的知識に待たざるべからず、人類の福利は、その源泉必ずや真正文明的道徳に帰せざるべからず。…かの帝国主義の政策にして、果たしてこの基礎源泉を有して、而してこの理想極致にむかって進むものたらしめんか。……その害毒の横流するところ、深く寒心《かんしん》するべきにあらずや」

幸徳秋水三〇歳の感動と決意がつたわってくるようです。ちょうどこの頃は日清戦争後の恐慌で国民の生活はどん底でした。

全国の鉱工業の賃労働者数は、産業革命が始まった一八八六（明治一九）年の一〇万人から、日清戦争後の一九〇〇（明治三三）年には五三万人、資本主義成立後の一九〇九（明治四二）年には一一五万人に増加しました。増加の影に失業が深刻でした。

明治三九年の新聞「光」の社説「東京市内の失業者数七万八千余人」は、市内の失業者多数のくらしを報じています。失業者の多い順に地名をあげると、小石川、四谷、下谷、神田、麻布、芝、赤坂、本郷、牛込、本所深川、麹町、日本橋、京橋と東京市内のほとんどに当てはまります。

この失業者、東京市内では一日四〇〇人ふえている。失業者窮迫の極みは餓死、凍死、自殺、「入獄志願」であることを知るべしと社説は書きました。

一方で産業革命の記録的な発展と他方で国民の苦難の増大は、労働者の自覚の高まりと組織化、労働運動の開幕へむかわせました。同時に弾圧のための法が山県有朋《やまがたありとも》内閣によって公布されました。

一八九七（明治三〇）年、労働組合期生会結成
一九〇〇（明治三三）年、治安警察法公布
一九〇一（明治三四）年、幸徳秋水『帝国主義』刊行

この治安警察法は労働運動に対する「死刑法」として運動に決定的な打撃を与えました。

幸徳秋水は当時、最大の発行部数を誇る新聞「万朝報《よろずちょうほう》」の記者をしていました。一九〇一（明治三四）年、この困難な時に秋水は「我は社会主義者也」を宣言し、「真摯《しんし》と熱誠と勇気とあるの人に非《あら》ざれば、未だ労働問題の前途を托するに足らざる也」と決意を語ったのでした。

反戦論、大逆事件など

翌年の一九〇二（明治三五）年は朝野に対ロシア主戦論があふれました。しかし反戦論のたたかいはすばらしく、とくに幸徳が『帝国主義』のなかで、資本主義生産の過剰生産が市場の

争奪へ→軍備拡張→帝国主義戦争へと続くことを明らかにして、理論的な基礎を提供しました。

一九一〇（明治四三）年に「大逆事件《たいぎゃく》」がおきました。これによって、明治の社会主義は大きな打撃を受けます。明治天皇の暗殺を計画したとして、全国で数百人の社会主義者および無政府主義者が検挙されました。

事実は数人が話題にしたことを、明治政府が社会主義運動の弾圧につかったものでした。政府はこれにかんする一切の報道を禁止し、裁判に至っては一人の証人すら許さないという暗黒裁判でした。翌年一月、幸徳秋水ら一二人を死刑、一二人を無期懲役、二人を有期懲役の判決をくだし、判決のあと、一週間で処刑するという異常さでした。幸徳秋水三九歳でした（二二章参照）。

幸徳秋水は「人間の死ぬのは問題ではない。問題は、いついかにして死ぬかである」という死生観と、若き日の社会主義者の決意を貫きました。

この弾圧事件のあと大きな動揺がひろがりましたが、労働者階級は、その年の年末、東京市電ストライキをたたかいました。「帝国主義か人類の福利か」という秋水の問題提起は、現状にもつながる歴史的な意味をもちつづけていると思います。

（木村　孝）

第二六章　大正はどういう時代だったか
――大正デモクラシーの意味

江戸時代や明治時代の歴史考証ならこの人と言われた木村荘八《しょうはち》は、大正時代について「封建制度もようやく崩れ、明治の残り香も消えつつある大正時代は、中間駅風な時代」と評したことがありました。

一九二六(大正一五)年に『明治大正見聞史』を書いた元朝日の記者で評論家の生方敏郎《うぶかたとしろう》は「あくびの出そうな退屈な時代」と言っています。本書も大正時代にはいるにあたり、この大正時代とはどんな時代だったかが今回のテーマです。

大正デモクラシーとは

大正デモクラシーとは、政治、社会、文化の分野に現れた自由主義的、民主主義的傾向のことです。各分野といっても、政治の分野、とくに普通選挙制をめぐる動向が内容となります。時代としては、日露《にちろ》戦争後、講和条約が大問題になった一九〇五（明治三八）年ころから、一九二八（昭和三）年、第一回普通選挙が行われた年くらいまでです。

言論、集会、結社の自由に基礎をおく議会政治、植民地支配の停止。団結権の保障や男女同権。文化面では国家主義に対抗する自由教育、大学の自治などさまざまな課題がありました。

運動のにない手は、新旧の中間層でした。これに、特権をもたない中小の資本家層、商工業者、無産者の人びともくわえます。

指導理念は民本主義で、「人民の、人民による、人民のための政治」です。主権が天皇にある明治憲法の下では、主権の所在を問うのをさけて、「人民のための政治」を強調しました。民主主義に近づけて使用したところは工夫ですが、政党政治を弱めた面もありました。

指導者は吉野作造、大山郁夫らがいます。

大正デモクラシーは、男子の普通選挙制を実現しました。ですが、治安維持法がくわえられ、枢密院、貴族院、軍部などの権限は変わらず、という面もありました。しかし、帝国主義時代に展開された運動であることを念頭におく時、先人たちの苦労に敬意を表したくなるのも事実です。

大正デモクラシー運動の二つの画期

大正デモクラシー運動には国民的な二つのたたかいが関係しています。ひとつは、日露講和条約に不満をもった明治の民衆の行動です。もうひとつは一九一八（大正七）年の米騒動《こめそうどう》です。

日露戦争は一九〇四〜〇五（明治三七〜三八）年の二年間、戦われました。動員された兵員

は一〇九万人（日清戦争時は二四万人）、戦死者は八万人（同、一万三〇〇〇人）。

戦費は一八億円、これは国家予算の六年分です。戦費と軍需品の調達は国力の限度をこえました。国民は、増税、献金、国債の購入が強制されました。各行政機関、市町村は、林野の開墾など戦時記念事業をおこし、地域では兵事義会、尚武会、青年団、処女会などに出征兵士家族への援護活動などを推進させ、学校では戦時下の心得が説かれ、国民生活は総力戦の状態になりました。

農家は二〇万頭の馬まで供出を強いられました。

国民は若き働き手を奪われ、犠牲と負担が大きかっただけに賠償金、領土割譲《かつじょう》など講和条約に期待をかけましたが、賠償金がないと（日清戦争では総額三億六〇〇〇万円）知って不満を爆発させました。講和条約反対の集会、デモが全国に広がりました。苦難が政治への関心を高めた結果です。政府は警察、軍隊まで出動して弾圧でこたえました。

注目すべきは、平民社、普選同盟会などが、普通選挙制請願の署名を続けていたことです。「毎日新聞」『東京経済雑誌』は、民衆が兵役や税金で苦しんだ以上、政治において「権利拡張するの要求は必然」としました。

こうした結果、選挙権が拡大され、日露戦争後初の総選挙時の全国有権者総数は、一五九万人（前回は七六万人）、二倍に増加しました。このことは、講和条約に反対した行動が、大正デモクラシーの条件を準備し、起点をつくったと言えるわけであります。

自然発生的な米騒動

一九一八（大正七）年の米騒動は、大正デモクラシー運動の最高潮を招きました。一九一六年まで、米一升一五銭程度だったのが、一八年には五〇銭に高騰。七月二三日、富山県魚津町（現魚津市）の妻たち四六人が、これでは暮らしていけないと役場に押しかけたのが、始まりです。五〇日ほどの間に、全国三八市、一五三の町、一七七の村に広がり、数百万人の人びとが参加しました。

この運動の出発点は、最小限の生活の確保、生存権をもとめた自然発生的な運動で、労働者、農民、そして都市中間層も支援しました。

支配階級はこれを騒擾《そうじょう》事件とみなして軍隊を出動させ、七七七六名を起訴しました。

しかし、米騒動は日本社会に大きな変化をもたらしました。生きんがために立ちあがった女性の活動が、全国的な組織を結成しはじめるきっかけともなったからです。

一九一二年創立の労働者の互助会・友愛会が、一九年には労働組合の階級的立場を鮮明にして、大日本労働総同盟友愛会とあらため、二一年には日本労働総同盟に。

一九一七年に一七三の小作人団体、二二年に一三四〇団体が参加して日本農民組合を創設。二四年に婦人部誕生。

一九二二年、全国水平社創立。婦人水平社は二三年結成。

一九二〇年、日本社会主義同盟創立。

一九二二年、日本共産党結成。
一九二五年、合法の無産政党の登場。

米騒動以来の運動の高揚には、複雑な背景があると思いますが、一九一八（大正七）年に、米騒動で寺内正毅《まさたけ》内閣が倒れたあとの、原敬《はらたかし》内閣の成立もその一つかもしれません。原内閣のもと、出版物取りしまりの緩和方針が推定されます。新聞と出版物の禁止処分は、大正七年五一二件が八年は二五〇件、一〇年二五六件と激減しています。

作家の江口渙《きよし》『わが文学半生記』によると、江口の旧友の検事が、「今後は風俗をきびしく取りしまることになった」「そのかわり思想のほうは、ずっと手加減することになったんだ」「米騒動いらいわれわれのほうの考え方がずっと変わったんだ」と言ってます。「思想のほうはいままでみたいに、あまりおさえすぎるとかえってよくないということがわかってきたのだ」と政府方針を説明しています。

出版ジャーナリズムも急速に発達しました。

内務省の調査によれば、新聞は大正八年六六六種が九年には八四〇種に。雑誌は大正四年一一四〇種が九年には一八六二種に。思想、労働問題を論じた単行本は大正六年二一種が九年二二〇種に。

このような、出版ジャーナリズムの発達は知識人の影響を大きくし、大正デモクラシーを支える要因となりました。

すべての成年者に選挙・被選挙権を与える普通選挙制は、一九二五（大正一四）年、男子の普通選挙制として成立しました。しかし国民主権の軽視、天皇制容認の歴史的な制約をもった運動でもありました。それをのりこえる労働運動、学生運動、婦人運動、水平社運動などが発展しました。大正デモクラシーは、目標、組織、理念も多様性をおび、体制に接近するなどの結果、進歩的な性格をよわめました。

この文章の冒頭、二人の大正時代観にふれましたが、波瀾《はらん》に富んだ、中身のある時代でした。大正期の文学はみのりゆたかです。大正文化を代表する文学的潮流の白樺《しらかば》派の作品。平塚らいてうを中心にした『青鞜《せいとう》』の多彩な新人たち。

明治末期は社会主義者だった中里《なかざと》介山《かいざん》の大衆小説、大佛《おさらぎ》次郎《じろう》や賀川《かがわ》豊彦《とよひこ》らの問題意識……。

一九二一（大正一〇）年に創刊された『種《たね》蒔《ま》く人』は、プロレタリア文学運動をめざしたうごきです。大正デモクラシーがふれなかった帝国主義日本の真の姿にせまりました。

文学だけでなく、音楽、映画、教育、出版ジャーナリズム、漫画なども大正文化の重要な部分です。本書ではそこまで広げられませんが、わずか一〇〇年前の日本の全体像に少しでも近づけるように努力していきたいと思います。

（木村　孝）

第二七章　初の女性だけの文芸誌『青鞜』

――平塚らいてう「元始女性は太陽であった」

〈元始《げんし》、女性は実に太陽であった。真正《しんせい》の人であった。

今、女性は月である。他に依《よ》って生き、他の光によって輝く、病人のような蒼白《あおじろ》い顔の月である。

さてここに『青鞜《せいとう》』は初声《うぶごえ》を上げた。

現代の日本の女性の頭脳と手によって始めて出来た『青鞜』は初声を上げた。

女性のなすことは今はただ嘲《あざけ》りの笑を招くばかりである。

私はよく知っている、嘲りの笑の下に隠れたる或《ある》ものを。

そして私は少しも恐れない。

しかし、どうしよう女性みずからがみずからの上に更に新たにした羞恥《しゅうち》と汚辱《おじょく》の惨《いた》ましさを。女性とはかくも嘔吐《おうと》に値するものだろうか、
否々、真正の人とは――〉

能力発揮を女性たちに呼びかけ

日本で初めて、女性の手による女性のための文芸誌『青鞜』が創刊されたのは、元号が大正に変わる前年、一九一一（明治四四）年九月のことでした。右の文章はその創刊号に平塚らいてうが書いた「元始女性は太陽であった――『青鞜』発刊に際して――」の冒頭部です。抗議と願いのこもる格調高い文章です。

この年一月には、国家の捏造《ねつぞう》による「大逆事件《たいぎゃく》」のために、幸徳秋水《こうとくしゅうすい》や管野《かんの》スガなど一二人が非公開の大審院裁判により死刑を執行され、日本社会はもの言えぬ「冬の時代」となっていました。といってらいてう等はその天皇制国家にものを申すという意図で『青鞜』を始めたのではありません。家父長制度のもと、人間としての自由や権利を奪われている女性が、本来もっているはずの「天才」（天分）を発揮することを目的としたのでした。女性の能力を発揮することによって男性中心の社会に抑えつけられている人間性を解放しようと、女性たちに呼びかけたのでした。

平塚らいてう（本名・明《はる》）は一八八六（明治一九）年に東京麴町区（現千代田区）に誕生しました。父は会計検査院に勤務する官吏でしたので経済的には恵まれて育ちました。引っ込み思案の内向的な性格でしたが、真面目で向学心が強く、東京女子高等師範学校附属高等女学校（お茶の水高女）時代には、官立の良妻賢母教育には反発を感じていました。卒業後は、当時創立間もない成瀬仁蔵《じんぞう》による日本女子大学の国文科に進学を希望しますが、女子に学問は不要とする父親の反対で家政科ならという条件で入学します。家政学より哲学、宗教に関心を抱くうちに禅宗に魅かれ、座禅に通って「見性《けんしょう》」（自己の本来の心性を見極めること）に目標を見いだします。

一九〇六（明治三九）年、女子大卒業後の夏にようやく「見性」を許された明は、心の自由を得て、様々なものに関心を広げ、行動的になります。

閨秀文学会と「煤煙事件」

向学心旺盛な明は、成美女子英語学校で翻訳を学び、二松学舎《にしょうがくしゃ》で漢文の講義を聞き、アルバイトのために速記を習うなど、意欲的です。

成美女子英語学校では海外文学に触れ、教師の文芸評論家・翻訳家の生田長江《いくたちょうこう》から学びます。その長江の肝いりで若い女性ばかりの文学研究会「閨秀文学会《けいしゅうぶんがくかい》」が生まれ、参加します。講師は与謝野晶子《よさのあきこ》、戸川秋骨《しゅうこつ》、平田禿木《とくぼく》、馬場孤蝶《こちょう》など、明治中期から活躍してきた浪漫《ロマン》主義や新詩社系の文学者や漱石門下の森田草平《そうへい》などでした。

明は回覧雑誌に「愛の末日」という小説を書いたところ、森田草平から長い批評の手紙をもらい、交際が始まりました。当時、広く読まれるようになったイタリアの作家ダヌンツィオの『死の勝利』に取り憑《つ》かれていた森田は、恋する明を恋愛死に誘い、塩原で心中未遂事件を起こします。

明二二歳、森田二七歳。人生の方向を求めながら、冒険に身を委ねた一事でした。森田は漱《そう》石《せき》の支援のもとでこれを小説『煤煙《ばいえん》』にし、明はひとり信州で内省の日々を送ります。

『青鞜』創刊の反響

女性ばかりの文芸誌の発行は、生田長江の提案によるものでした。「塩原事件」（「煤煙事件」）に責任を感じ、明の天分と自己完結の意欲を認め、一つの方向を指し示したのでした。その提案を日本女子大の国文科を出て平塚家に寄宿していた保持研子《やすもちよしこ》に話したところ大層乗り気で、研子の友人たちがたちまち集まり、五人の発起人で出発することになりました。

『青鞜』という雑誌名も生田の発案でした。かつてイギリスで文芸を愛好する女性サロンがあり、侮蔑をこめてブルー・ストッキングと呼称されたことから、女が何かを始めれば嘲笑されるとの思いから、『青鞜』という文字を当てたものでした。

発行の費用は母が明の結婚のために積んであったものから出してもらうことになりました。母もまた、女性として明たちの志に応援する想いがあったに違いありません。

趣意書と規約を作り、ひとりひとりで創作している女性文学者に送ったところ、与謝野晶子、田村俊子、長谷川時雨《しぐれ》、岡田八千代、小金井喜美子など、依頼した人のほとんどの賛同が寄せられ、二〇代ばかりの発起人を感激させました。

なかでも与謝野晶子は創刊号に「そぞろごと」と題する十二連からなる長詩を寄せています。

〈山の動く日来《きた》る（略）人よ、ああ、唯これを信ぜよ／すべて眠りし女《をなご》今ぞ目覚めて動くなる〉〈一人称にてのみ物書かばや／われは女《をなご》ぞ／一人称にてのみ物書かばや／われは　われは〉

明は筆名を「らいてう」として発刊の辞を書き、これに響きあうように、女性の自覚と主体的な創作、執筆態度を呼びかけた晶子の詩は、多くの女性たちの心を動かしました。創刊号の反響は大きく、若い女性からの手紙や『青鞜』社への加入、購読の申し込みが相次ぎました。

発禁、スキャンダル攻撃のなかで

一時は三〇〇〇部もの発行となる『青鞜』ですが、困難も続きます。まず、創刊の翌年の小説特集号が発禁処分を受けます。荒木郁子の小説の官能表現が風俗壊乱《かいらん》とされたのです。その後も、自由民権運動の時代からの女権活動家福田英子《ひでこ》の「婦人問題の解決」が、社会主義的婦人論とみなされ、安寧《あんねい》秩序妨害で発禁に。原田皐月《さつき》の姦通《かんつう》罪を描いた小説「獄中の女より男に」で三度目の発禁。らいてうの第一評論集『円窓より』も風俗壊乱を理由に発禁とされています。

そうした国家からの圧力とともに、女性の文芸運動への好奇の目を注ぐ新聞が、何かにつけてゴシップ記事を作り、「新しい女」への嘲笑と非難を繰り返し、社員の間にも動揺が生じ、離れていく人が出ます。二〇代の女性たちは恋愛や結婚、出産という現実の困難問題にも直面します。

外部の無理解との闘いのなか、らいてうは『中央公論』に「私は新しい女である」を書き、スウェーデンの女性解放論者エレン・ケイの『恋愛と結婚』を翻訳して結婚観を深めますが、体調を崩し、『青鞜』の発行権を伊藤野枝《のえ》に譲ります。野枝は福岡生まれ。望まない結婚を強制され、逃げ出して上京し、『青鞜』に参加したのは一七歳、生命力あふれる姿で編集に携わっていたのですが、交代して二年後の一九一六（大正五）年に無期休刊となりました。

しかしこの間、『青鞜』は貞操・堕胎・廃娼問題など、女性にかかわる性の問題についての論争が繰り広げられ、文学からは離れたものの、女性解放に関する認識を深め、その後の婦人問題発展の基礎を作ったのでした。

らいてうはその後、与謝野晶子と母性保護論争をするなど、執筆活動を続けながら、一九一九（大正八）年、市川房枝らと新婦人協会を結成、婦人参政権運動を起こします。

戦後は新憲法を歓迎、〈いまこそ解放された日本の女性の心の底から、大きな大きな太陽があがるのだ〉と書きました。一九七一年に八五歳で亡くなるまで、非武装、原水爆禁止、母親運動に力を尽くしました。

（澤田章子）

第二八章　新しい世代による自我の肯定
――志賀直哉「范の犯罪」

志賀直哉《しがなおや》（一八八三―一九七一）は白樺《しらかば》派の一人で、大正期を代表する作家です。それだけでなく、長い間、近代日本を代表する作家として扱われてきました。

志賀直哉はその後の作家に大きな影響を与えました。宮本百合子や小林多喜二も、彼の小説に学びました。百合子は『伸子』を書くとき、志賀直哉の『暗夜行路《あんやこうろ》』を机上において、時々読んでは、筆を進めました。多喜二は志賀直哉に自作を送って批評を求め、一度だけですが、奈良の志賀邸も訪ねました。

志賀直哉の文学を一言でどう表せばいいか。『広辞苑』には次のようにあります。「武者小路《むしゃのこうじ》実篤《さねあつ》らと雑誌『白樺』を創刊。強靭《きょうじん》な個性による簡潔な文体は、散文表現における一到達点を示した」。さすがに立派な紹介です。志賀の個性の「強靭さ」とは何か。そこから彼の文学の歴史的意味が見えてきます。

父子の対立と結婚問題

志賀直哉は一八八三（明治一六）年に生まれました。相馬藩（福島県浜通り北部）の重臣の家系で、父直温《なおはる》は鉄道業で成功した実業家でした。直哉が一五歳の時に東京の麻布三河台（現六本木三丁目）の一六〇〇坪の邸宅に移り、直哉もそこで暮らしました。

志賀文学にとって父との不和・対立が最大のテーマです。最初の衝突は、直哉が学習院の学生だった一八歳の時、足尾銅山の鉱毒事件をめぐってでした。いまでいう公害・環境問題です。直哉は事件批判の講演会を聞いて感激し、現地視察へ行こうとします。しかし足尾銅山は祖父直道が旧藩主家の財政立て直しのために、実業家古河市兵衛と始めた事業でした。その事業を批判する現地視察など、父は許しませんでした。結局いくらかの支援品を送ることで決着します。

これは直哉が社会的正義感を示した出来事です。しかし直哉の社会問題への関心・批判は例外的です。二七歳の時、大逆事件で二四人に死刑判決が出た日の日記には「自分はある意味で無政府主義者である」と書きながら、「（事件の）記事をすっかり読む気力」も「好奇心」もないとかなり冷淡です。

その後の父子の対立の原因は、まず直哉の結婚問題でした。

二〇代の直哉の最大の悩みは性欲の問題でした。

直哉は先輩に誘われ、一七歳から内村鑑三《うちむらかんぞう》のもとに通いました。内村の説くキリスト教の教えの中で、直哉は「姦淫《かんいん》の罪」に悩みます。夫婦以外の男女の性行為を禁じる戒律です。若い体力旺盛な男として直哉は強い性欲に苦しみます。その苦しみぶりは「濁った頭」に生々しく書かれています。

二四歳の時、直哉は自家の女中Cとの結婚を決意し、結婚のあかしとして関係を結びます。これが直哉の初体験でした。しかし、父をはじめ家中がこの結婚に反対します。結局女中Cは実家に帰され、そのうち直哉の感情も冷めてしまいました。この顛末《てんまつ》は「大津順吉」に書かれています。

その後、直哉は内村のもとを去り、戒律から解放されて二六歳から吉原通いの放蕩《ほうとう》が始まりました。

経済的に父に依存した作家生活

父子の対立のもう一つの原因は職業選択の問題でした。直哉は作家志望で、小説も評価され始めましたが、当時、小説では食べられませんでした。

直哉の生活費も吉原通いの金もすべて、父親から出ていました。父子の対立の実態は、親のすねかじりのわがままとみられても仕方がないものでした。

志賀直哉自身、女中C事件当時を振り返って次のように書いています。

「父に反抗しながら、私は生活ではやはり父をあてにしていたのだ。学校を出たら必ず独立するよう、これはあたかも座右銘かのよう常に父から言われていたが（略）要するに私は、自分からそうと言うわけにはいかないが、仮に他人の口を想像して言えば、わがまま育ちのしごく意気地のない人間だった」（「過去」）

直哉は二九歳の時、父とぶつかって家を出て、広島の尾道で半年暮します。滞在費は、初めての本の出版のために父が出した金からねん出しました。

翌年、家督を弟に譲り、「衣食に困らないだけの金」をもらって家を出ました。これは生涯困らないという意味です。直哉は生活のために無理に仕事をする必要のない身分でした。

直哉は三一歳で、武者小路実篤《むしゃのこうじさねあつ》のいとこと結婚します。父の反対を押し切ったもので、二度反対されて引っ込め、三度目に父に無断で結婚しました。

結婚後も直哉は浮気を繰り返しました。浮気が原因の自分たち夫婦のいさかいを「山科の記憶」「邦子」などに書いています。これもまた志賀直哉の代表作に数えられます。

白樺派世代の理想主義

維新の志士たちを初代として、志賀直哉の世代は維新の三代目に当たります。父親は維新の二代目であり、明治の中核世代です（六章参照）。直哉の生活は、この父親の財産に支えられていました。華族の学校である学習院出身の白樺派の作家たちは皆そうです。

と同時に、直哉たちが批判の目を社会に向けた時、それは社会の中核にいる父親への批判に直結しました。依存しつつ反発するアンビバレント（両義的）な関係です。これが志賀直哉にとって父との対立が文学の最大のテーマだった根本理由です。

大正期は第一次世界大戦の特需による未曽有の好景気もあり、相対的安定期でした。維新の第三世代として、経済的心配のない、社会的不安も少ない、恵まれた環境を与えられたからこそ、白樺派のおおらかな理想主義は花開いたのです。それは直哉の父親と同じ維新の第二世代である、鷗外《おうがい》・漱石《そうせき》や自然主義の作家たちにはないものでした。

白樺派の理想主義の核心は人間肯定です。もっといえば自己肯定です。「自我の解放」や「自我の自由」という目標も、自己の欲求の肯定であり、自己中心主義です。

志賀直哉の「強靭な個性」もまた、どこまでも貫く自我の肯定でした。

二九歳の志賀直哉は日記にこう書きました。「自分の自由を得るためには他人をかえりみまい。而《しか》して自分の自由を得んがために他人の自由を尊重しよう。（略）二つが矛盾すれば、他人の自由を圧しようとしよう」（一九一二年三月一三日）。

自己中心主義の頂点

こうした自己肯定の頂点を示すのが「范《はん》の犯罪」（一九一三（大正二）年）です。

中国奇術師の范が、舞台でナイフ投げのショーの最中、相方である妻ののど元にナイフを刺して死なせてしまいます。妻は不倫しており、范と妻は不仲でした。范は妻を殺したいと思っていたと次のように語ります。

妻を殺して牢屋に入ったとしても「牢屋の生活は今の生活よりどの位いいか知れはしない。その時はその時だ。その時に起ることはその時にどうにでも破ってしまえばいいのだ（略）死ぬまで破ろうとすればそれが俺の本統の生活というものになるのだ」と。しかし、事件は極度の緊張の結果で、自分でも故意か過失かわからない、と語ります。

志賀直哉は「創作余談」で、妻の不倫に悩んだいとこが自殺し、「どうしても二人が両立しない場合には自分が死ぬより女を殺す方がましだ」と考えたのが創作のきっかけだと語っています。

当時の青年は、「本統の生活」のためには「牢屋」に入ってもいいという主人公の覚悟から、信念に従って生きる勇気を読み取りました。

評論家の本多秋五《ほんだしゅうご》は、「『范の犯罪』の主人公は、私にとって、（特高警察に虐殺された）小林多喜二の存在に似たものになった」と書いています（『志賀直哉』上・下、一九九〇）。

志賀直哉の自己中心主義は、その後、他人との調和を図る方向へ変化します。山手線の電車にはねられた後、療養中に生と死を静かに見つめた「城の崎にて」（一九一七〔大正六〕年）が転機となりました。父との和解を描いた「和解」（同）、唯一の長編小説『暗夜行路』（一九二一〔大正一〇〕—三七〔昭和一二〕年）には、我執を離れ和合を尊ぶ気風が表れています。

（北村隆志）

第二九章　小作人の現実から農場解放へ
——有島武郎『カインの末裔』

北海道、マッカリヌプリ（羊蹄山《ようていざん》）の麓の大草原を、吹きすさぶ風にあおられながら、疲れきった夫婦がよろよろと歩いています。馬を引く男は広岡仁右衛門《にんえもん》。身なりは貧しく飢えてもいます。赤子を背負った妻は黙って後をついていきます。二人は、縁者のいる農場の小作人になるために、寒さに震えながら、原野の残る夜道を行きます。

現実に打ち砕かれた野生児

『カインの末裔《まつえい》』（一九一七〈大正六〉年）の冒頭は、明治の終わりから大正にかけての、今はニセコといわれる土地の、冬近い大自然とひと組の夫婦の描写にはじまっています。大男の仁右衛門は、侘《わび》しい小作人小屋にたどり着くと、翌朝から雑草に覆われた畑の耕耘《こううん》にかかり、妻は黙って雑木などを拾い、冬支度をする働き者です。

農場の契約は小作人に厳しいものでした。小作料の滞納には利子がつき、亜麻《あま》の栽培は土地の五分の一に限る。小作料は豊作でも割増しがない代わりどんな凶作でも割引きをしない。農場主に直訴がましいことをしない等々。

しかし、仁右衛門はそれらを守る気はありません。「自然から今掘り出されたばかりのような男」であり、世間に順応できません。第一、文字も読めません。紹介者へ挨拶もせず、隣の小作人の妻と平気で逢引《あいびき》をするのです。

長雨にたたられた夏の不作のなか、契約を無視して畑の半分に亜麻を植えつけたと、帳場から苦情がきます。畑が枯れて「困る」と言われ、「俺らがも困るだ。汝《われ》が困ると俺らが困るとは困りようが土台ちがわい。口が干上《ひあが》るんだあぞ俺らがのは」と返します。

亜麻を売って金を手にした仁右衛門に不幸が重なります。赤子が赤痢《せきり》で死ぬと凶暴になり、競馬に出れば落馬し、大事な馬も両脚を折ってしまいます。おまけに娘が凌辱《りょうじょく》される事件も仁右衛門のせいになってしまいます。

秋の収穫もまた、長雨のため凶作となりますが、小作料は、帳場でまとめて軍に納めた燕麦《えんばく》料から差し引かれています。燕麦を商人に売った仁右衛門は、農場から退場を迫られます。そこで、小作料の軽減を思いつき、函館の農場主宅へ出かけたものの、屋敷の豪華さ、暖かさ、葉巻《はまき》の匂いに怖《お》じ気《け》ついた仁右衛門は、場主に一喝《いっかつ》されて追い帰されます。

「何という暮しの違いだ。何という人間の違いだ。親方が人間なら俺は人間じゃない。俺が人間なら親方は人間じゃない」

すっかり打ち砕かれた仁右衛門は、農場を出ていかざるを得ません。赤ん坊も馬も失い、夫婦ふたりだけの姿が、吹きつける雪の中に消えてゆきます。小屋に仕掛けた火種だけが、彼にできる反逆なのでした。

社会主義への共鳴

有島武郎《ありしまたけお》は一八七八（明治一一）年に、当時大蔵省の役人であった父のもとに生まれ、士族出身の長男として厳格な儒教教育を受ける一方、英会話を習うなど、欧化主義教育も受けて育ちました。九歳で学習院予備科に編入学し、寄宿舎に入ると、皇太子（後の大正天皇）の学友に選ばれます。家柄と成績、穏和な品性が認められてのことです。

少年時代から漠然と農業に憧れを抱いていた武郎は、学習院中等科を卒業すると、母方の親戚にあたる新渡戸稲造《にとべいなぞう》方に寄宿し、札幌農学校の予科に編入します。在学中は英文学などに親しみ、友人を通してキリスト教に接近します。真摯《しんし》な人生探求のなか、内村鑑三《うちむらかんぞう》の札幌独立基督《キリスト》教会に入会しています。また、新渡戸稲造が開設した「遠友夜学校」に熱心に関わりました。キリスト教の人道主義に立ち、貧困家庭の子どもを農学校の生徒が教えるというもので、下層階級の人々とじかに触れる機会となりました。

一九〇一（明治三四）年、農学校を卒業して東京に戻った武郎は、一年間の兵役義務に就きましたが、その体験で、国家と戦争について強い反発と疑義を抱くことになりました。それは、二年後から三年にわたるアメリカ留学によって、大きな思想変革を促すものとなりました。

この間の日露《にちろ》戦争について、キリスト教社会である欧米のありかたに違和感を強め、トルストイの非戦論に共鳴した武郎は、ハーバード大学で知り合った日本人留学生から社会主義思想に目を開かされ、マルクス主義やクロポトキンの著作を読みます。同時に、ロシア文学とともにアメリカの詩人ホイットマンに心酔、因習や伝統に囚われることのない自由と個性、反逆性に自己解放を覚えます。

新たな思想と文学への進展で留学を終えた武郎は、帰路のヨーロッパを巡る旅の終わりに、イギリスに亡命していたクロポトキンを訪ね、幸徳秋水《こうとくしゅうすい》への手紙を預かって帰国しています。二九歳の春のことでした。

『白樺』創刊に参加

帰国した武郎を迎えたのは、実業家として財を成し、さらなる繁栄を長男の武郎とともに築こうとしていた父親でした。マッカリベツ原野の国有未開地を手に入れていた父は、農場の名義を武郎にします。一方、武郎が望んだ女性との結婚については、父は身分違いを理由に反対します。家父長的な父との間に、心中の確執をかかえざるを得ません。

東北帝国大学農科大学（札幌農学校が昇格。現北海道大学）に招かれ札幌に赴任した有島は神尾安子と結婚、遠友夜学校の代表となり、社会主義研究会にも熱心に参加します。

一九一〇（明治四三）年は、文学者としての出発の年となりました。志賀直哉《しがなおや》、武者小路実《むしゃのこうじさね》篤《あつ》を中心に『白樺《しらかば》』が創刊され、有島も弟の生馬《いくま》とともに参加、創刊号から積極的に執筆活動を開始。同時に独立教会に退会届けを出し、キリスト教棄教を明確にしました。

ところが、その六月に幸徳秋水《こうとくしゅうすい》が逮捕され、社会を震撼《しんかん》とさせた大逆《たいぎゃく》事件が起こされました。幸徳につながりのある人々が次々に検挙されている時期の八月九日付で生馬に宛てた手紙に、こういう一節があります。

「我等の道は三あり、大謀反《むほん》者となるか、奴隷となるか世をくらますか（略）君も僕も大謀反者たるには力未だ足らず（略）黙して言わざるの一事を選ぶ外なかるべく候《そうろう》」

生馬の結婚問題に託して、時代への危機意識を表明しています。翌年には、北海道庁から、来道した皇太子への拝謁《はいえつ》を拒否され、監視を受けています。「冬の時代」でした。

不在地主の生活と解放思想の矛盾

一九一四(大正三)年、三人の男児の親となっていましたが、妻の安子が結核に冒されたため、七年におよぶ札幌生活から東京に引き揚げました。一九一六年に安子を喪《うしな》い、続けて年末には、父が亡くなりました。

『カインの末裔』は、その翌年の『新小説』に発表され、高い評価を得ました、父の重圧から解放された有島が、不在地主として搾取《さくしゅ》する生活と思想の矛盾に目を当て、地主制度にがんじがらめになっている小作人の現実をリアルに描いた作品です。カインとは、旧約聖書に登場する最初の農業従事者。神にうとまれ、弟殺しの罪を犯した人物です。仁右衛門の荒々しさと反抗は、有島自身の激しい心の葛藤と時代への批判の表現でもありました。

時代もまた、ロシア革命の影響を受け、米騒動や労働運動が活発化するなか、代表作『或る女』を完成させた有島は、一九二二（大正一一）年に四五〇町歩もの有島農場を無償で小作人に譲り渡しました。時代に大きな一石を投じた農場解放でした。

私有財産の放棄という大変革に取り組んだ有島ですが、階級問題についての迷いのなか、創作にゆきづまり、夫のある女性との恋愛にも苦しみ、一九二三（大正一二）年六月、軽井沢の別荘で心中死を遂げました

（澤田章子）

第三〇章　階級矛盾乗り越えるこころざし
――宮本百合子『貧しき人々の群』

　ロシアがウクライナへの侵略戦争を始めてから、三年近くにもなりますが、平和を求める世界中の人々の抗議にもかかわらず、解決の道が見えてきません。

　日本の近現代文学史において、世界の戦争と平和、階級格差の問題に関して、最も積極的にかかわり、筆舌を尽くした作家が宮本百合子《みやもとゆりこ》（一八九九―一九五一）です。その人生と文学的業績を語れば長い物語になります。この稿では、百合子の作家としての出発点となった小説『貧しき人々の群《むれ》』を通して、近代の農村社会の現実と、若き百合子の成長をみてまいります。

百合子の読書体験

　百合子は一八九九（明治三二）年二月に、東京の小石川区（現文京区）に、中條《ちゅうじょう》精一郎と葭《よし》江《え》の長女として誕生しました。本名はユリ。父は米沢藩（現山形県）の出身。福島県安積《あさか》地方の開拓に功績を残した中條政恒の長男で、東京帝大工科大学（現東京大学工学部）を卒業、当時は文部省の建築技手でした。母は倫理学者の西村茂樹の次女で、華族女学校出身の文学好きの女性でした。

本郷の誠之《せいし》尋常小学校を卒業し、東京女子師範学校付属高等女学校（お茶の水高女）に入学した一二歳のころから読書欲旺盛となり、母の蔵書や、もらう小遣いから本を買うなどして「手当たりばったりにいろんなものを読みはじめた」（自筆年譜）といいます。夏休みに小説を書いたりもしています。

読書の幅は広く、日本の古典文学から樋口一葉《いちよう》、二葉亭四迷《ふたばていしめい》などの近代文学、夏目漱石《そうせき》や武者小路実篤《むしゃのこうじさねあつ》など当時の現代小説に至るまで多彩ですが、それらに加えて海外文学にも多く触れていました。自筆年譜には「女学校の四年ごろから、ロシヤ文学に熱中しだした。トルストイが最も自分を捕えた」と書かれていることに注目させられます。

一九〇〇年代には海外文学の翻訳や紹介、評論活動が活発になっています。日本の自然主義文学は、フランスのエミール・ゾラの影響にはじまりましたが、同時にロシア文学のゴーゴリやゴーリキ、チェーホフ、プーシキンなども翻訳され、その写実性が自然主義文学を豊かなものにしました。

トルストイについては、日露《にちろ》戦争のさなかの一九〇四(明治三七)年に、社会主義の立場から、堺枯川《さかいこせん》（利彦）と幸徳秋水《こうとくしゅうすい》が『平民新聞』にその日露戦争論を翻訳、秋水が「トルストイ翁の非戦論を評す」を発表して関心をあつめ、翌年には内田魯庵《ろあん》訳の「復活」の連載(新聞「日本」)が始まり、トルストイの思想と文学——非戦論、私有財産の否定、人道主義、農民の生活改善、写実主義などは、白樺《しらかば》派をはじめとした多くの文学者に影響を与えました。
一五～一六歳の百合子もまた、大きな影響を受けたといえます。

一七歳の日記と『貧しき人々の群』

女学校時代の百合子の習作に「農村」があります。百合子は小学校入学の頃から、夏休みごとに福島県の桑野村開成山《かいせいざん》（現郡山市）で過ごしていました。開拓者であった祖父が亡くなった後に、祖母が地主として住んでいたのでした。「農村」は、その地に生きる貧しい農民の姿を描いた素朴な作品でした。

『貧しき人々の群』は、その「農村」の書き直しとして、一九一六（大正五）年、一七歳になる年の一月から取り組まれ、九月に『中央公論』に発表されました。「日記」の〝一月の感想〟にこういう記述があります。

「私の改革期の来た事を切実に感じた月である。私は思想的に種々の変化をした。私の愛人は真である。私の貧者に対して持って居た感じははたして真実な一点の虚栄心もなかったものであったろうか。この心は私に『貧しき人々の群』をかかせるのである」

一月九日から一四日付には読書の記録に『人及《および》芸術家としてのトルストイ並びにドストイェフスキー』という書名があります。書き直しとはいえ、貧しい農民と自己の向き合い方に厳しい目を向け、自己を客観視する姿勢は、トルストイとドストエフスキーの文学に学んでのことに違いありません。「農村」からの大きな文学的飛躍があるからです。

作品の舞台は福島県の「K村」。主人公「私」は地主の孫であり、東京のお嬢様といわれてちやほやされてきたが、今は「村人の少しなりとも利益になる自分にしなければならない」と考えています。

飢えた子どもたちが薯《いも》の取り合いをしている小作人の小屋へ声をかけてみますが、「おめえの世話にはなんねえぞーッ」と、石を投げられます。村の人々は貧しいばかりか、障がいや病いをかかえています。「善馬鹿」と呼ばれている「気違い」には子どもがいますが知的障がい者です。母親が他家の手伝いなどをして養っていますが、村中から卑しめられています。肺病の娘のいる酒飲みの桶屋、「中気《ちゅうき》で腰の立たない男と聾《ろう》の夫婦」など。

「私」は彼らに同情するものの、衣類を分けてやったり、食べ物を届けたり、肺病の娘に牛乳や魚を届けるくらいのことしかできません。「私」には貧しい人を救うだけの金はないのです。優しくしたために作物を盗まれたり、金をせびられたり、不快なことに悩まされます。

そこへ、教会に集まる町の婦人たちが、「貧民救済」の施しをしにやってきます。しかし、金を手にした人々は、酒を呑んで馬鹿騒ぎをし、町で欲しいものを買い、生活の改善にはならないのです。それればかりか、酒の味を覚えた善馬鹿は、池にはまって死んでしまいます。正直ものの新さんもまた、金の亡者の母親に愛されないまま、首を括《くく》って死んでしまいます。

「私」は自分の無力を痛感し、途方にくれるのですが、作品は「私はきっと今に何か捕える」

という誓いの言葉で終わります。

「私は泣きながらでも勉強する。一生懸命に励む。そして、今死のうというときにでも好いから、ほんとうに打ちとけた、心置きない私とお前達が微笑み合うことが出来たらどんなに嬉しかろう！」

作者の能動性と自己批判

日本の農村の深刻な貧困と疲弊の現実は、明治期の自然主義文学でも描かれていました。真山青果の『南小泉村』（一九〇七年）と長塚節の『土』（一九一〇年）がその代表的な作品です（二一章参照）。

これらには、地主制度のもと、貧しくみじめな農民の生活の実態が写実的に描かれています。しかし、その社会的構造についての批判がなく、救いもありません。まさに〝無理想無解決〟といわれる自然主義文学の限界をもっていました。

『貧しき人々の群』もまた、写実的描写にすぐれています。貧困と病にとりつかれた人々の、人間らしさを失った姿や顔貌などを容赦なく描き出したところは、自然主義の優れた描写力の影響があり、そのうえに若い女性の観察力と感性の働きで、真剣かつ豊かな味わいと読み応えが加わっています。

特質となっているのは、作者の能動性と自己批評、そして、農村の矛盾を地主と小作の問題として批判的に摑《つか》んでいることです。小作の子どもたちが「私」に向ける反感は、「その両親が誰のために働いている」か、「彼等《かれら》の収獲を待ちかねて、何の思《おも》い遣《や》りも、容赦もなく米の俵《たわら》を運び去ってしまう」人種とみているからだと、書かれているのです。

さらに、「私」の最後の誓いです。貧困の解決の道を見いだすことを自らの課題とし、農民と「私」を隔てているものを取り払う道を求めて努力することを宣言しているのです。

一七歳の百合子は、自然主義を乗り越え、人道主義に留まらず、階級的矛盾を乗り越える新しい理想を掲げたといえましょう。それは、決して若さからくる一時的な願望でなく、生涯をかけて抱き続け、努力し続けたこころざしであったことは、その後の人生と文学が語っているところです。

（澤田章子）

第三一章　貧窮とたたかう国民意識の登場

――柳田国男『明治大正史　世相篇』

柳田国男《やなぎたくにお》（一八七五―一九六二）は日本民俗学の創始者です。生涯を通して、近代化によって消えゆく風習・伝承・信仰などの日本人の古い生活文化を、広く収集・記録しました。

一般には、岩手県遠野《とおの》地方の民話を聞き書きした『遠野物語』（一九一〇〈明治四三〉年）がつとに有名です。そこには河童《かっぱ》、山姥《やまんば》、幽霊《ゆうれい》などの怪異談から、母親殺しや毒キノコによる集団中毒死など三面記事的風説までが含まれています。当時は文学と認められていなかった民話を、簡潔で詩的な文体によって昇華させました。非合理的とか非人道的などと思われる話にも、現代的な解釈を一切交えませんでした。序文で柳田は「この書は現在の事実なり。単にこれのみをもってするも立派なる存在理由ありと信ず」と書いています。

当時、柳田は農政官僚でしたが、一九〇八年に九州・四国の視察旅行で宮崎県椎葉村《しいばそん》を訪れたことが、地方の伝統的な生活に目を向ける大きなきっかけになりました。

椎葉村では古くから広大な山林を共有地として、焼き畑農業を営んでいました。その際、田畑を多く持ち家族の少ない村民には、焼き畑用には狭い区画を許可し、貧しくて家族の多い村民には、広い区画を使えるようにする不文律がありました。「人口の割合に土地が極めて広いため」に、奪い合わなくても各自に必要な土地を十分確保でき、それ以上をむさぼる思想がなかったのです。

柳田は視察報告で「富の均分というがごとき社会主義の理想が実行せられたのであります。『ユートピヤ』の実現で、一の奇蹟《きせき》であります」と感嘆しています（「九州南部地方の民風」一九〇九年）。

貧困の解決と民主主義の実現のために

柳田は「郷土研究の第一義は、手短かに言うならば平民の過去を知ることである」と述べたように、民俗学を歴史学の一つと考えていました。研究の目的は国民の「生活の改善」であり、「社会改革」への貢献でした（「郷土生活の研究法」一九三五年）。

「人が何ゆえに貧苦を脱し得ないか、村がどうしていつまでも衰微感のために悩まされているか。選挙がどういう訳でこの国ばかり、まっすぐに民意を代表させることができぬかという ような、差し迫った一国共通の大問題なども、必ず理由は過去にあるのだから、これにこたえる者は歴史でなければならぬ」（「実験の史学」一九三五年）

柳田国男の業績は単に民俗学にとどまりません。政治、経済、歴史、地理、教育、言語学、文学と、驚くべき幅広さを備えています。

彼の生涯も多面的な活動によって彩られています。学生時代は、島崎藤村《とうそん》や田山花袋《かたい》と親交を深めたロマン派詩人でした。卒業後、官僚を一二年勤めた後、ジャーナリスト、ジュネーヴの国際連盟の委任統治委員会委員、在野の研究者として活躍しました。大正時代には「民本主義」を提唱した吉野作造とともに大正デモクラシーの代表的論客でした。朝日新聞論説委員として、財産による選挙権制限のない普通選挙施行のために論陣を張りました。さらにアジア・太平洋戦争の敗戦後は、民主主義を担う力を持った国民の育成のために国語教育・社会科教育にも力を注ぎました。

柳田が多方面の活動を通して一貫して目指したのは、貧困の解決であり、国民の意思が政治に生かされる民主主義の実現でした。

固有名詞のない歴史の試み

『明治大正史《めいじたいしょうし》　世相篇《せそうへん》』（一九三一〈昭和六〉年）は、民俗学から政治・経済にわたる柳田の多面的な関心が、ある意味で集約されている作品です。

柳田はつねづね、政変や発明など「たった一度しか起こらなかった事件」でなく、日々繰り返される暮らしの変化でも歴史は書けると主張していました。その持論を本書でみずから実践してみせました。柳田はそのために人名、事件名などの固有名詞を一切使いませんでした。

評論家の大塚英志《えいじ》は柳田国男の民俗学には「ロマン主義文学」と「社会的な文学」の二側面

があると指摘し、本書を後者の代表作と評します。

「眼に映る色彩や食物、居住空間や風景、酒や恋愛、と固有名詞からなる歴史学では描けない『世相』、つまり日々変化していく『習慣』（『第二の自然』ですね）を描き出していく手続きは圧倒的で、やはり柳田の『社会的な文学』の一つの達成だといっていい」（『社会をつくれなかったこの国がそれでもソーシャルであるための柳田國男入門』、二〇一四年）

例えば柳田は「目に映ずる世相」として、近代の色と音から書き始めます。先人が徳川幕府開設時の江戸を、「庭木には椿の花、飼い鳥には鶉《うずら》」と特徴づけた「色音論《しきおんろん》」を踏まえ、「新色音論」と銘打ちました。柳田の古文献の教養と、新しい同時代史を描く意気込みがおのずと現れています。かつての衣料は色が乏しく、「色彩にもまた一つの近代の解放があった」と書きます。

一方、「音」については含みのある書き方をしています。「全体に一つの強烈なる物音」がほかの多くの音を圧してしまう。さらに「言論のごときは音声の最も複雑にしてまた微妙なるものである。これが今までそういう形式を知らなかった人々を、実質以上に動かしえたのもやむをえなかった」と。

ここで柳田は、大きな声に弱い日本人の習性が、民主主義の発展を妨げることを示唆しています。『明治大正史　世相篇』の後半では「顔役」の言うがままに投票する人々を「選挙群」と批判し、社会問題の解決のために、個人の自立と共同を、熱く訴えています。

本書が書かれたのは、第一回普通選挙が実施された三年後でした。民主主義の大きな前進と期待した普通選挙で、人々が大小の顔役の指図のままに投票し、結局、以前の制限選挙と変わらない結果だったことに、柳田はいら立ちを隠していません。

教育で公民としての個人の力を養う

本書の後半で柳田は次のように書いています。

「貧に対するわれわれの態度の変わってきたことも、また一つの時代相ということができる」。貧窮《ひんきゅう》を当たり前と思ってきた昔と違い、貧窮とたたかおう、その原因を突き止めようという意識が広く「国民進出の強い動力」となっている。

村落が解体していくなかで「孤立貧」が新しい「社会病」になった。「その防御も独力でなければならぬように、（人々の考えが）傾いて来る」（自己責任論の危険の指摘です）。寄生虫の予防のためには公衆衛生の改善が必要なように、貧困も個人の努力で「一部が免れた」だけではだめである。「共同してこれを滅しておけば」、子孫の健康まで保障される。だから社会全体でその費用を負担すべきである（以上は社会政策論を学び、官僚として農政に取り組んだ経験が生きています）。

柳田はさらに続けます。

明治になって士農工商の区別がなくなり、都市でも地方でも多くの団体が生まれた。しかし

「それぞれに営んでいた旧時代の自治組合」を切り捨て、昔の経験を踏まえなかったために、「かつて組合が具《そな》えていた共同団結の自治力を、薄弱にしてしまった」。諸団体は依存心ばかり強め、弱者を助けるより、有力者が勢力を伸ばす道具になってしまった。

柳田は、日本の将来のためには「多くの無意味なる団結を抑制して、個人をいったんは自由なものにすること」と、個人の自立を説きました。さらに、「同じ憂いを抱く、多くの者が団結して、初めて世の中に益があるということを、認めたこと自身が改善であった」と、人々の連帯と共同を歴史の進歩として評価しました。

なにより教育を重視し「よく疑いよく判断して、いったん是《これ》と信ずればこれを実行するだけの、個人の力というものを養うことができるかどうか」が鍵だとしました。「個人の力」を養うために国民は皆「その苦闘を中止せぬであろう」と、国民のたゆまぬ努力に期待しました。

柳田は最後に、争いや貧苦が偶然で防止できないものと考えるのは「一番大きな誤解」だとして、本書をこう締めくくっています。

「われわれの考えてみた幾つかの世相は、人を不幸にする原因の社会にあることを教えた。すなわち我々は公民として病みかつ貧しいのであった」

（北村隆志）

第三章 「ほんとうの幸い」を探して

――宮沢賢治『注文の多い料理店』

風はどうと吹き、朝の山はうるうる盛り上がり、天の川はしらしらと夜空をわたる――宮沢《みやざわ》賢治《けんじ》はオノマトペを生き生きと使った童話で唯一無二の世界を描き出しました。

「世界がぜんたい幸福にならないうちは個人の幸福はあり得ない」（『農民芸術概論綱要』）という彼の言葉は有名です。生前は無名でしたが、死後、親交のあった草野心平《しんぺい》らの尽力で作品が世に知られるようになりました。やはり夭逝《ようせつ》した同じ岩手出身の歌人・石川啄木《たくぼく》と同じく、今や国民的作家として読み継がれています。

父への恩義と家業への嫌悪

宮沢賢治は一八九六（明治二九）年八月二七日、岩手県の花巻《はなまき》で生まれました。宮沢家は地元の名家、豪家で、父・政次郎《まさじろう》は質・古着屋で成功した商人でした。父は花巻周辺の農地を買って、多くの小作農を使う地主でもありました。

賢治は長男として大事に育てられました。六歳で赤痢《せきり》にかかった時と、一八歳で発疹《はっしん》チフスにかかった時は、二度とも父が病院で看病に当たりました。最初の時は父も赤痢に感染し、以後、父は胃腸が弱くなってしまいました。そうしたことで、賢治は父への恩義を生涯深く感じていました。

同時に、賢治にとって父は、行く手にふさがる巨大な壁でもありました。父は賢治に家業を継ぐことを求め、進学を認めませんでした。しかし賢治は、商業は物を動かすだけ、質屋は農民からお金を巻き上げるものと考え、家業を忌《い》み嫌っていました。

旧制盛岡中学卒業後、家業を手伝い始めた賢治はノイローゼ状態になってしまいます。父はやむなく盛岡高等農林（現岩手大学農学部）の受験を認めました。

中学時代の賢治は将来に希望を持てずに怠けて成績不良でしたが、盛岡高等農林受験では別人のように勉強して、首席で合格しました。在学中も特待生に選ばれ授業料免除になるなど学業は最優秀でした。しかし実習の農作業は誰よりも下手でした。畑を耕すのは他の級友の半分も能率が上がらず、出来上がりもデコボコで種をまけなかったといいます。

しかし高等農林卒業後、また家にこもるだけの憂鬱《ゆううつ》な日々に戻ってしまいます。このごろ童話の創作も始めました。一九一九（大正八）年、親友への手紙に次のように書いています。

「私の父はちかごろ毎日申します。『きさまは世間のこの苦しい中で農林の学校を出ながら何のざまだ。何か考えろ。みんなのためになれ（略）きさまはとうとう人生の第一義を忘れて邪道にふみ入ったな』おお、邪道 O. JADO! JADO! 私は邪道を行く」

国柱会・日蓮宗との出会いの意味

父は熱心な浄土真宗《じょうどしんしゅう》の信者で、仲間とともに高名な仏教家をよんで勉強会も開いていました。これに対し、賢治は高等農林の頃から法華経《ほけきょう》に親しみ、日蓮宗《にちれんしゅう》にひかれるようになりました。一九二〇年秋には、日蓮宗の在家《ざいけ》団体である国柱会《こくちゅうかい》に入会しました。賢治は父に改宗を迫って幾晩も口論したり、太鼓をたたいて法華経を唱えながら町内を歩く寒修行《かんしゅぎょう》をして、周囲から奇異の目で見られたりしました。

一九二一（大正一〇）年一月、二四歳の賢治は突然の啓示を感じて、無断で東京へ飛び出しました。上野駅から国柱会館へ直行し、住み込みで布教活動に献身したいと頼みますが、ていねいに断られます。それでも賢治はあきらめず、ガリ版切りのバイトをしながら、東京で布教に取り組みます。国柱会幹部から「法華文学の制作」をすすめられ、童話執筆にも熱中しました。この頃一カ月に三〇〇〇枚書いたという逸話が残っています（信じがたい枚数で、記憶違いか話の盛りすぎだと思います）。

八月に妹トシの病気で花巻に呼び戻され、家出は七カ月で終わります。短い家出でしたが、これが賢治の生涯の転機になりました。

賢治が国柱会にそれほど傾倒したのはなぜか。浄土真宗などが念仏による個の救済を説くのに対し、日蓮宗、とりわけ国柱会は仏法による衆生《しゅじょう》救済を説いていました。つまり社会改革を志向する団体だったのです。

しかも、国柱会の創始者・田中智学《ちがく》は、現代の衆生救済は「摂受《しょうじゅ》」（他人を受け入れ慈悲によって導く方法）ではなく、「折伏《しゃくぶく》」（他人の悪を破って導く方法）によるべきだと提唱していました。これは、父との関係で優柔不断に陥っていた賢治に、行動する勇気とエネルギーを与えるものでした。

国柱会を通じた日蓮宗・法華経との出会いは、自分の力を生かす場を見出せずに悶々《もんもん》としていた賢治の目を一気に開いたといえます。

それは七歳年下の小林多喜二が、一九二八（昭和三）年、同じ二四歳の正月に自ら「マルキシズムに進展して行った」と書いた決意と近いものだったのではないでしょうか。同じく一九二八年の二月、第一回普通選挙で三一歳の賢治は、花巻の労農党支部を陰から支援しました。千葉一幹・大東文化大学教授は、賢治が「仏教を知らなかったらレーニン、やトロツキーくらいのコミュニストになれただろう」と書いています（『宮沢賢治』、二〇一四年）。

充実した帰郷後の七年

賢治は故郷に戻った一九二一年末、花巻農学校の教師になります。翌年には二歳違いの最愛の妹トシが結核で亡くなります。一九二六（大正一五）年四月「わたくしも教師をやめて本統の百姓になって働きます」と決意して、北上川を望む宮沢家の別宅で独居自炊自耕の生活を始めます。羅須地人《らすちじん》協会をつくり、農業実践、肥料設計の無料相談、レコード鑑賞・音楽会や学習会を行います。しかし過労と粗食がたたって病気になり、協会の活動は二八年秋ごろ終わります。

この帰郷後の七年間が、賢治の人生の最も充実した時期でした。詩と童話のほとんどもこの時期に書かれました。生前唯一刊行された二冊、詩集(賢治は心象スケッチとよんだ)『春と修羅《しゅら》』、童話集『注文の多い料理店』の自費出版は一九二四年です。

ただし生活費はすべて実家に頼っていました。教師の給料はレコードや書籍、仲間との飲食費に使い、羅須地人協会の肥料設計や講演でもお金は受け取りませんでした。作った野菜も売らずに、リヤカーに乗せて家々に配って歩きました。当時はリヤカーもぜいたく品で、周囲の農民からは金持ちの惣領《そうりょう》息子の道楽とみられていたようです。賢治が農民から受けた疎外感を書いた詩も残っています。

弱者への共感と強者への怒り

賢治の童話の根底にあるのは、生きることを苦しみとみる、原罪としての受苦の認識です。いじめられたよだかが星になる「よだかの星」、熊獲りの小十郎の生死を描く「なめとこ山の熊」などが代表です。

もう一つは自己犠牲の精神です。おぼれた友達を助けてカンパネルラが死ぬ「銀河鉄道の夜」、自分を犠牲に火山を爆発させて凶作を救う「グスコーブドリの伝記」などがあります。

同時に、弱者、さげすまれた者への共感と愛情が強くあります。今まであげた作品にも感じられます。「いちばんばかで、めちゃくちゃで、まるでなっていないのがいちばんえらい」と判決する「どんぐりと山猫」もそうです。知的障害児が広場をつくって遺す「虔十《けんじゅう》公園林」は、この種の童話の傑作です。賢治が自分の名を意識して、虔十と名付けたことは確実で、賢治の「デクノボー」の理想がここには込められています。「セロ弾きのゴーシュ」に出てくる、楽団で一番下手なゴーシュも「デクノボー」の一人です。

弱者への共感の一方で、弱者をいじめる強者に対する怒りも多くの童話に感じられます。賢治の最も良質な部分がそうした童話にあります。カエルたちをこき使う「カイロ団長」や、「なめとこ山の熊」の小十郎から熊の毛皮を安く買いたたく旦那のエピソードなどです。白い象を搾取《さくしゅ》したオツベルが、象の仲間たちの反撃にあう「オツベルと象」はその頂点です。「注文の多い料理店」にも、都会から狩猟に来る紳士たちへの反発が明らかです。

賢治は闘病の末、一九三三（昭和八）年九月二一日に急性肺炎で亡くなりました。三七歳でした。「ほんとうの幸《さいわ》い」を探し続けた生涯でした。


（北村隆志）

第三三章　「社会の改造」めざす渾身の告発

――細井和喜蔵『女工哀史』

――配達員女工哀史を思い出す（岡山県・中山敬子）

朝日新聞二〇二三年一〇月六日付に載った川柳《せんりゅう》です。大量の荷物のために長時間労働を強いられる、宅配便労働者を詠んだのでしょう。このように『女工哀史《じょこうあいし》』は『蟹工船』と並んで、過酷な労働環境の代名詞となっています。でも、これが大正時代末に、一労働者が書いたルポルタージュだということは、意外と知られていません。

作者を変えた二つのきっかけ

作者の細井和喜蔵《ほそいわきぞう》は一八九七（明治三〇）年、京都府与謝郡加悦町《かやちょう》（現与謝野町）に生まれました。加悦は絹織物の丹後ちりめんの一大産地で、和喜蔵の祖母も母も、家で機織《はたお》りをする織り子でした。

和喜蔵は生まれる前に父と生き別れ、六歳の時に母が入水自殺しました。祖母は和喜蔵に何かとつらくあたり、盲目の曾祖母と祖母と三人の暮らしは貧しく苦しいものでした。

祖母の病気と死をきっかけに、和喜蔵は小学五年で学校をやめ、近所の大きな機屋《はたや》に奉公に出ました。しかし、周囲の皆から貧乏人とバカにされるのがいやで、一九歳頃に故郷を出ます。大阪に出て、機械修繕の職工として紡績《ぼうせき》工場で働き始めました。

小さいころから手先が器用で、工夫の才もあった和喜蔵は、腕のいい職工でした。女工たちからも頼りにされました。夜は職工学校に通って機械の勉強をし、心のよりどころを求めて教会にも通いました。

和喜蔵は当初、出世して金持ちになって世間を見返すことを夢みるロマンチックな青年でした。そんな和喜蔵を二つの出来事が変えます。

一つは失恋です。和喜蔵はある女工を好きになりますが、機械操作で荒れた彼女の手を見て「(人々は) 衣服を纏《まと》うために幾万の若い女性が犠牲になって行くかを果《はた》して考えたことがあるだろうか?」(手記「どん底生活と文学の芽生え」)と胸を痛めます。女工の仕事を楽にするために、電気と空力で動く完全自動織機を思いつき、抜本的な省力化とともに名誉と財産も得ようと夢想します。しかし、海外の雑誌に同じ仕組みの機械が載っているのを見て、発明の夢は破れます。相手の女工は郷里で結婚してしまい、恋も破れました。和喜蔵は絶望して自殺を試みますが、一命をとりとめ、その後は文学を志します。

もう一つは労働組合運動との出会いです。一九一九（大正八）年、二二歳の時、できたばかりの大日本労働総同盟友愛会主催の演説会で鈴木文治《ぶんじ》会長の話を聞き、感激してその場で入会します。さらに労働組合と社会主義について勉強し、次のような確信にいたります。
「世の中の仕組みが、悪いと思った以上に悪いのに驚かざるを得ない。（そうだ！　どうしてもこれは、社会を改造しなきゃ駄目だ。そしてその社会を改造する方法は先ず以てS氏の勧める労働組合に依ることが最も穏健着実で、かつ有効な手段だ）」（自伝的小説『奴隷』）
組合活動家になった和喜蔵は、要注意人物として工場で働けなくなりましたが、プロレタリア文学のさきがけの雑誌『種蒔《たねま》く人』に参加し、詩や短編小説を発表します。五歳年下の女工の堀としをと結婚し、彼女の協力も得ながら貧困と病苦の中で『女工哀史』を書き上げました。
一九二五（大正一四）年七月、『女工哀史』が刊行されると、予想を超える売れ行きで増刷を重ねました。一方、和喜蔵は結核と腹膜炎のために出版一カ月後に二八歳で亡くなりました。「哀史が出たから、もう死んでもいい」と語っていたそうです。

命を削る実態や労働災害

『女工哀史』は紡績《ぼうせき》業の概要から始まって、女工の労働と生活の実態を多角的に詳細に描きました。詐欺まがいの女工募集、長時間の過酷な労働、無理な仕事に追い立てる歩合制と報奨制、逃亡防止のための檻《おり》のような寄宿舎生活、反抗心を眠らせるための女工教育、勤勉で愛情深い性質が虐待でゆがめられた心理、結核などのため死亡率が一般女子の三倍にも達する病理現象など、実に総合的です。

和喜蔵は工場での自身の経験はもちろん、妻としをの体験や、独自に集めた様々な資料も駆使しています。

女工の寄宿舎は朝四時半起床。工場は六時に始業し、短い昼食休憩をはさんで、午後六時まで働く一二時間労働でした。しかも昼夜二交代制で、一週間おきに昼番と夜番を交代しました。寄宿舎では一つの布団に、夜は昼番が眠り、昼は夜番が寝ていました。夜勤による健康被害はとくに深刻でした。夜勤で減った体重が元に戻らず、農商務省発行の『職工事情』(一九〇三年)によれば女工は一年で七キロやせました。

『女工哀史』ではこう書いています。田舎の親が、工場の娘を案じていると、「さながら幽霊のように蒼白《あおじろ》くかつ痩《や》せ衰《おとろ》えてヒョッコリ立ち帰って来る。(略) 僅《わず》か三年の間に見る影もなく変り果てた。それでもまだ、ともかく生命を携えて再び帰郷する日のあったのはいいが、なかには全く一個の小包郵便となって戻るのさえあった。機械に喰《く》われて片輪《かたわ》になって帰るのもあった」。

機械の事故は実際に多く、和喜蔵が最初に勤めた工場では「三年ほどいる間にそこの機械は七人を喰い殺し、数十人を傷つけた。僕はその後者の一人である」と手記「大阪」にあります。和喜蔵自身、機械で左手を大けがし小指を失いました。

けがは本人の不注意という見方に対し、『女工哀史』は「負傷にいわゆる過失というものは断じてあり得ない」と反論します。「何となれば『危い』と知りつつそこへ手を出して仕事をすべく労働者は命令されているからである」と、負傷は使用者の「故意」だと言い切ります。体験と学習によって得た卓見です。現代の労働災害の考え方を先取りしています。

和喜蔵は「結び」で「万人が生きるがためには、彼女を犠牲にせねばならぬという法は断じてあり得ない」と書きました。万人が平等に労働して、一日四、五時間働けばいいという労働時間短縮を実現しようと訴えています。

和喜蔵の志を受け継いで

資本主義の発達につれ、日本の工場労働者（職工）数は、日露《にちろ》戦争後の一九〇九（明治四二）年の八〇万人から、一九二五（大正一四）年には一八〇万人に急増しました（職工五人以上の工場）。そのなかで製糸・紡績などの繊維工業は一貫して全労働者の五五～六〇％を占め、全工業生産の四割から五割をしめていました。繊維工業は日本資本主義を支える大黒柱でした。

資本主義の急成長の裏の、女工たちの理不尽な犠牲を、細井和喜蔵は渾身《こんしん》のルポルタージュに残し、「社会を改造」する道半ばに倒れました。しかし、その志《こころざし》は労働者のたたかいの中に生き続けます。

和喜蔵の死の二年後の一九二七年五月、和喜蔵も働いた東京の東洋モスリン亀戸工場では、五〇〇〇人が参加する争議が起き、女工たちは日本初の外出の自由を勝ち取りました。

同年八月、長野県岡谷市（当時平野村）では山一林組の三つの製糸工場の女工たちが、いっせいにストライキを起こしました。戦前の製糸業最大の争議です。賃金改善の他、労働組合加入の自由も求めて、二週間以上も諏訪盆地を揺るがしました。敗れはしましたが、信濃毎日新聞は社説で「（女工たちの）人間への道はなお燦然《さんぜん》たる輝きを失うものではない」と称えました。

　妻としをもまた和喜蔵の遺志を受け継ぎました。再婚して高井姓になり、戦後は兵庫県で伊丹自由労働組合を結成して委員長を務めました。たくましいたたかいの生涯を貫き、一九八三年に八一歳で亡くなりました。

　彼女は一九七五年、「和喜蔵没後五〇年」に次のような詩を残しています。

「（略）どん底貧乏の和喜蔵は／何も残さなくても／『女工哀史』とともに／いつまでも　いつまでも　生きている／その心を　そのがんばりを／私が　みんな　みんな　もらってる／そして　若い人に受けついでもらう／私は　七十二歳でも／若い友人が大ぜいいる／そして『女工哀史』をテキストに／学習会を行います／貧乏なんて　なんでもない／貧乏で　幸せな　ばあさんの一人言《ひとりごと》」

（北村隆志）

【著者紹介】
北村隆志（きたむら・たかし）
1963年愛知県生まれ。「しんぶん赤旗」日曜版記者。
著書に『反貧困の文学』『ロスジェネ文学論』（どちらも学習の友社）

木村　孝（きむら・たかし）
1937年東京都生まれ。勤労者通信大学哲学教科委員。
編著書に『21世紀をつくる君たちへ』（学習の友社）

澤田章子（さわだ・あきこ）
1942年東京都生まれ。文芸評論家。
著書に『一葉伝―樋口夏子の生涯』（新日本出版社）

名作で読む日本近代史

2025年1月15日　初版　　定価はカバーに表示
2025年2月25日　第2刷　　北村隆志、木村　孝、澤田章子　著

発行所　学習の友社
〒113-0034　東京都文京区湯島2－4－4
TEL03（5842）5641　FAX03（5842）5645
振替　00100－6－179157

印刷所　光陽メディア

ISBN　978－4－7617－0752－1　C0036